愛在病房蔓延

Love lasts forever

推薦序一

現今人口老化的社會，健康照護已經是人人關心的議題，也是政府必須重視的社會問題。時常聽到中年夫婦們聊天，當他們彼此問到兒女的職業時，只要一方回應醫師或護理師，另一方就會投以羨慕的眼光，再繼續聽下去，就會了解他們所羨慕的，是對方未來的健康問題，能夠有子女的細心照顧。因為即便有錢可以住高級病房，請二十四小時看護，卻買不到一雙能夠溫暖到心房的雙手。

大部分的人沒有作為醫護人員的子女，少子化的社會，甚至可能連子女都沒有，於是當自己身體虛弱地躺在病床時，自然會把心中那股渴求溫暖的希望，寄託在醫護人員身上，特別是整天在病房穿梭，最常遇到的護理師。其實每個醫護人員剛踏進醫院的實習期間，都有著一顆敏感的心，因為接觸的病人少，反而更能夠體會病人的心情。只是隨著越來越重的工作負擔，越來越多的醫院評鑑、越來越不合理的制度規劃，讓醫護人員時常忙得連吃飯的時間都沒有了，哪裡還有時間去聆聽病人訴說病情之外的事情。

當這樣的工作環境已經是常態時，有一位護理師透過文學的方式，抒發內心深處的情感，也延續了那一顆敏感的心，讓自己在繁忙的工作中，還不忘去貼近病人，挖掘那些被包覆在身體病痛之內的心理變化。雖然她的力氣還不足以跟死神拔河，但是她透過文學創作所記錄下來的點點滴滴，是足以撼動人心的。

白紙前的你（妳），如果也跟我一樣，用心地閱讀每一個篇章，或許你（妳）也會猛然發現文中所描述的情節，不就是自己某一位親朋好友的故事！

二〇一一年駐非洲布吉納法索醫療團醫師

許文澍

推薦序二

我是一名臨床中醫師，在未踏入臨床前，曾有醫界大老提及：「你覺得當一個醫生，最重要的是什麼？」，當年懵懵懂懂的高中生，憑著內心的一股熱情、加上父母親的一點期許，洋洋灑灑中又帶點生澀地說出諸如愛心、耐心、同情心等重要、卻又空泛的話語；語畢，醫界的大老搖搖頭：「剛剛你說的，只想要告訴我，當一個醫生最重要的，是人文素養。」

醫病關係緊繃的當代，醫療專業被認同與尊重的年代已不復在。為了配合大型醫學中心企業化經營、營利掛帥的領導方式，不僅相同專業內開始輕視自身的職責、甚至也造成不同專業間彼此排斥。積習日久，白袍的力量江河日下、白袍的沉重與日俱增；這樣高壓力、高變化的就業環境，需要高反應、高效率的投入態度，若沒有深厚的人文素養，更容易迫人沉淪在白色象牙塔的權、錢、色、慾中。

佳真是我在醫學生時代相識的學妹，體貼入微和敏銳細膩的心性，反映在護理工作中所見所感的字裡行間。在繁忙紛擾的臨床工作之餘，如實地記錄醫與病的關係；那也是在疾病面前，人與人的關係。中醫學的論述中，疾病的生成必定有容易致病的環境；疾病不只關乎患者本身，而是與天、人、地緊緊相依。人與人的關係，也往往在疾病面前，才能呈現最珍貴與最醜惡的諸相非相。

吾常勉勵即將踏入臨床的後進，醫療工作與其他工作有些許不同，之所以在社會上較受尊重，是因為醫療工作本身有一個亮點，你把這個亮點擺在哪裡，就會走到哪裡。

佳真的字句羞澀中透露著憂心，稚嫩而堅定地喚著她的信仰。深信醫療是帶有溫度的感念，是欲雪天晚中的紅泥火爐。護理站是護理工作的依歸，而護理站象徵的是患者的寄託，醫療專業不僅解決病家受疾病羈絆的苦、更安慰走過生老病死時心中的恐、帶走生命歷程中彷彿不能承受的痛；在此，文字堆砌後所描繪的，是媒體視角無法聚焦凝眸的醫病風貌，是社會大眾私心選擇不易看見、醫療同道久則視而不見的情境；僅盼佳真心中的亮點，若能喚回民眾遺棄多時的認同和肯定、喚醒醫事人員沉睡已久的熱情與初心，甚幸。

中國醫藥大學中醫部醫師

張益銓

推薦序三

偶然的因緣際會下，一個老朋友請我推薦一個認真年輕人寫的書。過去審過不少國內外期刊的科學文章，還是第一次有人請我閱讀並推薦醫學人文的文章，雖說是被灌了不少「老師」、「名醫」的迷湯（我明明離這些稱號遠得很啊！），抱著鼓勵後進與好奇的心情，答應了這樁任務。《愛在病房蔓延》，一個實習護理師在病房實習及學生生活間，對於美好的生命及健康流失的種種心情寫照，沒有多餘的「為賦新詞強說愁」般的抒發文，沒有過度華麗燦爛的修辭，擁有的是內心對於他人真誠的關懷，一個尚在萌芽，成長的護理之心，真實的病房實習記錄，以及褪下實習制服後細膩的情感，自我的成長。

讀完《愛在病房蔓延》，每日的醫護工作場景歷歷浮現，那些曾讓我夜深人靜時椎心自省，病人與親人來不及說再見的扼腕，貧窮、人性與疾病摧殘的現實，現代醫療相對於短暫的成就感與更多的醫療極限無奈，又在心頭翻湧。

現代醫療制度下，「天使」、「南丁格爾」的稱號或許太沉重，制度的不完美讓許多醫護同仁萌生卻意，而留在崗位上的同仁，對醫療工作的熱情或許與日遽減，也或許慢慢以冷漠的醫療專業，掩飾內心的熱情，以減少無謂的紛爭。

讓人支持下去的動力在哪？或許在讀者朋友讀完這本《愛在病房蔓延》，不難發現多數醫護的愛正在病房蔓延，也欣慰一位優質護理師的成長，期待她持續在這荊棘之路昂首邁進。就從自己做起，多點同理心，讓愛在周遭蔓延下去吧！由衷推薦您閱讀這本書。

臺北榮民總醫院腫瘤科權威醫師

劉峻宇

目錄

Contents

輯二　愛在病房蔓延

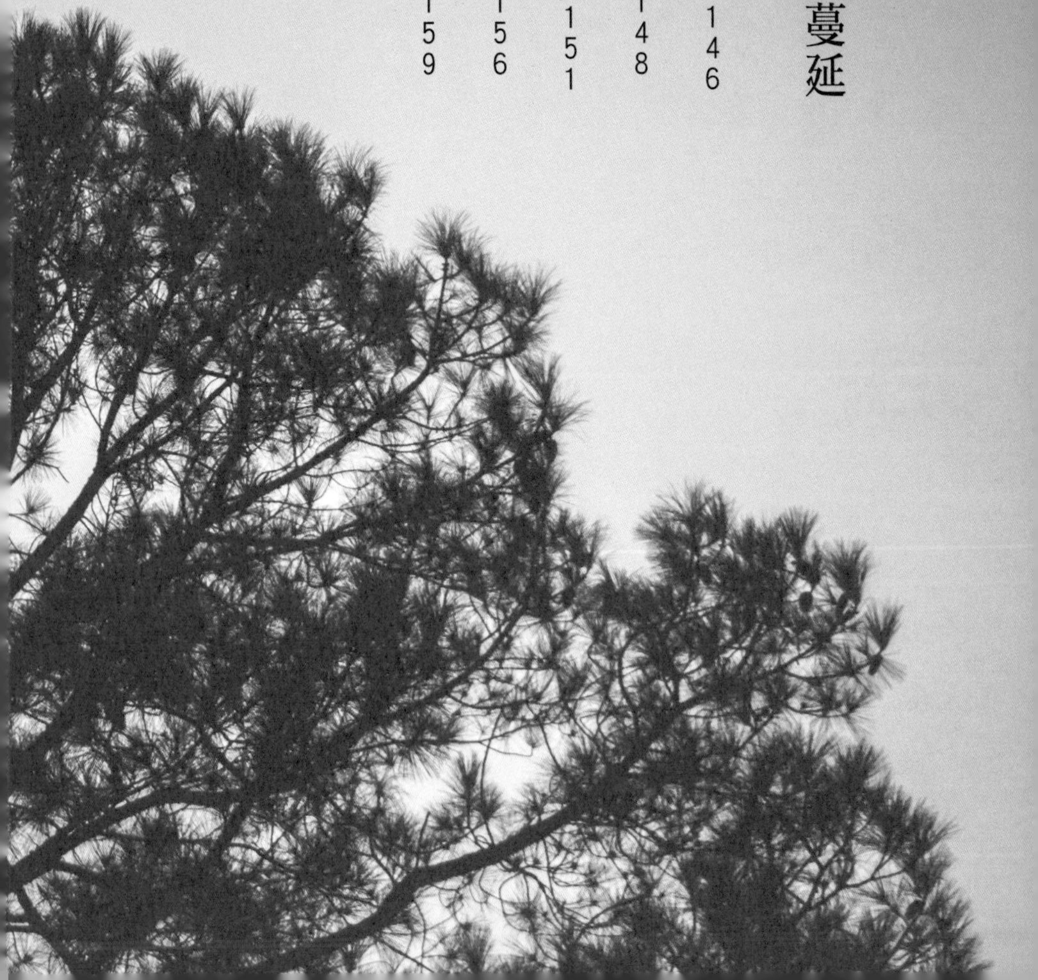

輯三　病房之外

輯一

病房的游牧時光

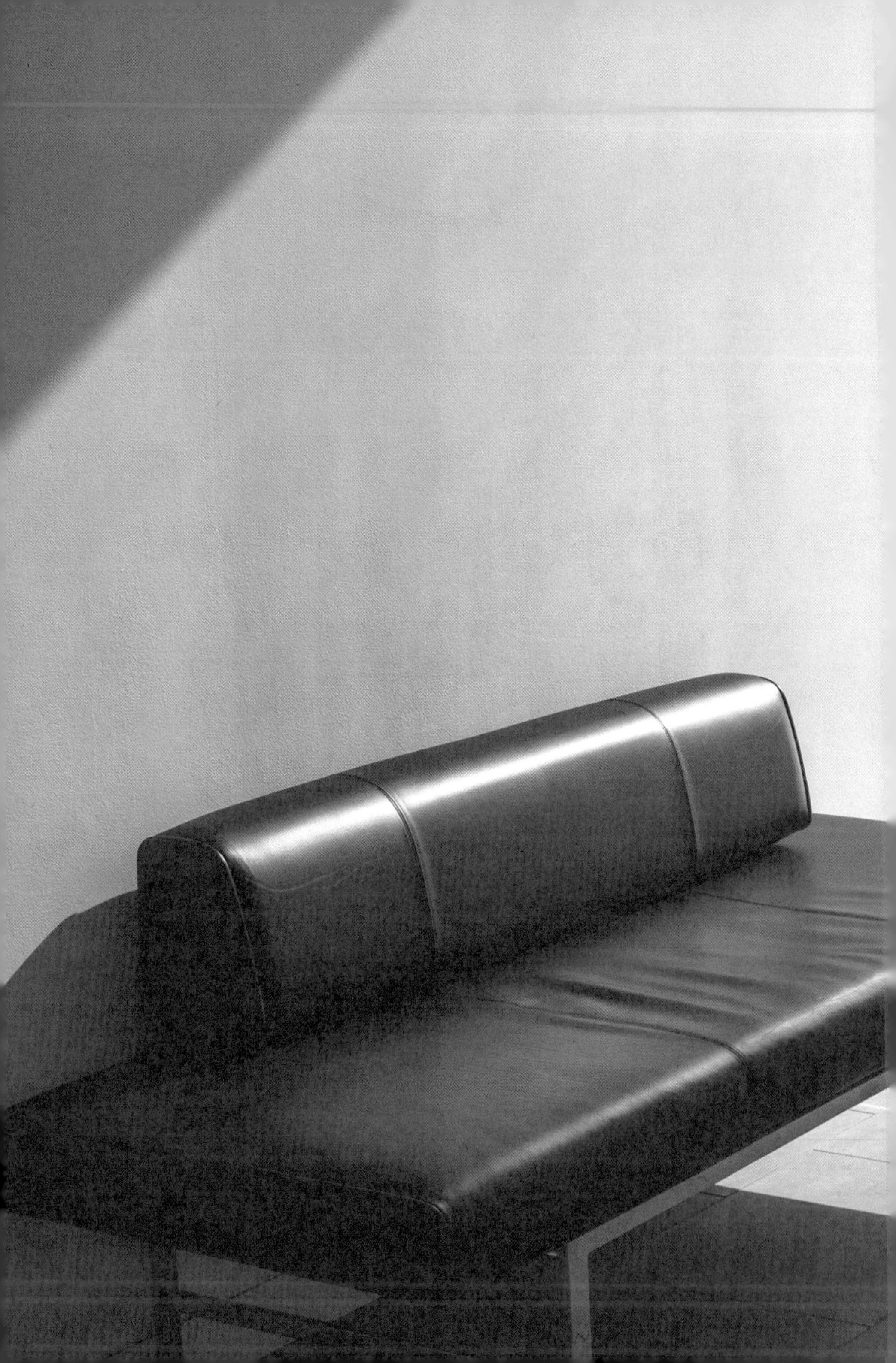

得到或失去：在一夜之間

在產科實習前，我總想像著在產房與一般病房的迥異。產房，必定是充滿著迎接新生命雀躍歡笑的天堂，沒有聲嘶力竭的生離死別、沒有理直氣壯的怪獸家屬。直到我遇見了一位和我年紀相仿的母親，我才知道在產科裡，一樣寫著一場場殘酷的離別賦。

那是一個寧靜如常的午後，在出生率極低的今日，產房只要有一位產婦待產已是相對忙碌的狀況，值班護理人員常被派至其他單位支援，是醫院裡的游牧民族。早晨我記錄了她的體溫脈搏，裝上胎心音監測，一切正常。病房安靜如同她臉上安逸的神情，我仍依稀記得那日她對我說她希望孩子的眼睛像她。而我再次見到她已是隔日，按照病房常規量著她的生命徵象，卻不見她的孩子，映入我眼簾的，是一張悵然若失的臉，彷彿已厭倦了人間的一切。回到護理站後，交班時大夜班同仁娓娓說起昨夜的周折。

夜裡少婦腹部劇痛，送開刀房剖腹生產，少婦的麻醉仍然未退，新生兒的狀況就不穩定了，緊急送至醫院的ＩＣＵ，不久後送到附近的醫學中心，仍無法避免嬰兒猝死症。而這一切，都是在少婦未睜開雙眼前就已發生。

嬰兒猝死症（Sudden Infant Death Syndrome，簡稱ＳＩＤＳ），剛出生的健康嬰兒突然死亡，病理解剖也無法得知確切的原因。一個冰冷的醫學專有名詞，就草率地交代一個新生命的凋零。孕育了十個月的生命，在人間卻只停留短暫的幾個小時，在他不知道有多少人期待著他的到來前，便悄然離去。

原本應是生動的早晨，會有嬰兒的哭聲相伴，然而在這一刻哭泣的不是嬰兒，是年少的母親。少婦的言語早已失去了條理，她向我說了一些關於婚姻的無奈，還有在孕後毅然決然要留下孩子的理由。我腦海裡恍若浮現了一個個幸福的畫面，她抱著孩子，雙眼閃爍著動人的母愛光輝，丈夫在一旁陪伴著她。這個夢近如昨日，但我們都知昨日早已遠去，這一切發生得太快，令人無從措手。

她緊緊抱著我，聲淚俱下，片刻間我竟說不出一句能使她平靜的話。我想像著當她從麻醉中退去，就必須面對這個晴天霹靂，也許沒有任何一個醫學上的量表能夠量化她的哀痛。

再次見到她時，她正與小她兩歲的丈夫收拾返家的行囊。辦離院手續時，我看見她哭腫的雙眼，「我都還來不及看清楚他的模樣！」這是她離院前的最後一句話。

原載於104年5月16日《自由時報》

明知故犯

《孟子．告子上》寫道：「食色，性也。」飲食和性慾皆為人的本性，然而，在醫院裡的飲食，卻是處處逆人性而行。

關於那些油膩的、辛辣的、甜滋滋的美食，令人垂涎三尺，在醫師和營養師的眼中，都是違禁品。醫療人員用盡全力想杜絕所有有違人體健康的食物，希望廚房按照營養師為每個病患量身打造的健康飲食烹調，在走進病房後，方知一切原來徒勞無功。

我在泌尿外科遇見一位身材微胖中年阿伯，患有各種慢性疾病包含糖尿病、高血壓、高血脂等。再次入院，是因為膀胱癌。陪在阿伯身旁，我目睹化療的過程有些許殘忍，醫師拿著裝了深藍色化療藥物的大針筒，全副武裝，推著一臺治療車破門而入。我忙拉起病房的圍簾，來不及安撫阿伯，醫師就已將藥物灌入阿伯的生殖器中。我看著阿伯惶恐不安的無助眼神，卻不知能跟他說明什麼。藍色液體緩慢地推進阿伯的生殖器中，一滴不剩，我在醫師走後向他說明至少讓藥物留在膀胱內兩小時再上廁所，阿伯點頭表示明白，我轉身要走出病房的剎那，瞥見床頭櫃上的炸雞桶已乾淨見底了。

我忍不住又向阿伯嘮叨幾句關於高血壓、高血脂的控制，要從飲食運動做起之類老生常談的話，「醫院有幫您準備三餐啊！是低油、低鹽的健康飲食！」我說。阿伯告訴我，他的人生沒什麼興趣，唯有飲食。他愛好各國各地的美食，為了吃，花再多的金錢或時間他也願意。

「食色，性也。」食慾和性慾都是人的本性，難以杜絕、難以克制。記得曾看過一篇科普文章，寫道：當人類的欲望到達某種高度時，腦部會分泌多巴胺來降低人對於焦慮的感受。我想，也是因此，人總在面臨飲食和性慾時明知故犯。

原載於104年5月27日《臺灣時報》

比寂寞更深的哀傷

身為一位醫療人員，我們總是希望來看病的病人，即便是躺在病床進入醫院，出院時也能夠帶著笑容、健康地走出病房。然而，在癌症病房，卻是時常事與願違，期待病人能夠健康出院，是一件非常奢侈的夢想。

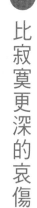

我仍記得第一次在病房看見阿姨時，她能自己推著點滴架，在偌大的病房裡游牧行走，偶爾還會到護理站向護理人員們打招呼。我們深怕孱弱的她不跌倒則已，一跌倒便加重病情，總是必須費盡脣舌囑咐她回到自己的病房休息。

輪值大夜班時，我常在她的病房裡聽見源自她丈夫的咆哮聲，充滿著不諒解與抱怨。龐大的醫療費用拖垮了家中經濟，還讓他和兒子必須來照顧她。而後再也不見她的先生，來照料她生活的點滴，竟是她年邁的母親。阿姨的母親身上仍背著矯正脊椎側彎的背架，我看見她對女兒的關愛和照料，彷彿忘記自己身上

的病痛。然而阿姨的健康卻每況愈下，生活空間窄縮為一間窄仄的病房，生活起居的打理淪為她母親的例行工作，卑微地維持著她失去尊嚴的生命。

究竟婚姻是怎麼一回事呢？婚禮誓詞裡總說：「婚後我〇〇〇接受妳〇〇〇作為我合法的已婚妻子。擁有並持有，從這天開始，是好、是壞，是富、是窮，是健康、是疾病，直到死亡將我們分開。」然而在醫院裡，目睹了一場場令人聲嘶力竭的疾病，將原本幸福的人生扭曲斷裂，而我在一旁，對疾病無能為力，對病患的人生亦是如此。

後來的日子裡，阿姨漸漸開始變得憂鬱而淡漠，好像什麼事都無法引起她的興趣。這一天，輪到我照顧她，阿姨躺在病床上不發一語，拒絕服藥，拒絕任何醫療處置，拒絕我任何言語上的關心。我默默地走出病房，記錄著這一切。於是醫師開立新的處方，阿姨變得厭食之後，她的營養只好藉由點滴來維持，僅僅維持了心臟的跳動，卻維持不了一個原本應該幸福美滿的家庭。

某日，醫師與護理長討論著關於這位阿姨的病情，是否有繼續留院的必要性。醫師說公立醫院的床位十分有限，而一位癌末病人占著一個床位，占掉的護理時數和醫院的支出是否符合成本效益。「床位必須留給真正需要的人。」醫師如是說。

什麼樣的病人真正需要這個床位呢？走出病房，我窮於思索。

原載於104年5月22日《自由時報》

一生將盡之前

我仍記得在胸腔內科實習的那段日子，一位年邁的奶奶曾在我幫她量體溫血壓的時候，握住我的手，彷彿想對我說盡她一生的故事，從二十歲北上工作、到與先生相識、結婚、生子，而踏入醫院的這一年，我恰巧亦是二十歲。

第一次看見奶奶的那天，醫師決定幫她胸腔引流。我在旁目睹著這一切，只見刀片劃破奶奶皺褶的皮膚，血液如同水柱般流出她的身體，沾紅了奶奶的病人服，在白袍的相映之下更為鮮紅。奶奶趴伏在座椅上，背對著醫師哀號著，我卻只能靜靜地在一旁，什麼也不能做。不久後奶奶身上多了一條 pig tail（胸腹腔穿刺放液的引流管），如同豬尾巴，名稱聽似滑稽、令人莞爾，我卻只在護理記錄裡留下：十月十五日，九點三十四分放置 pig tail。這場驚心動魄的手術，瞬時化為平淡的文字，躺進病歷裡。直到此時我才知道，窄縮的醫療人力和不足的時間，竟容不下一刻時間鼓勵、安撫奶奶，那些關於一位老嫗的哀號或情緒，在護理記錄都成為贅述。

十月下旬的每日，我拿著一只胸瓶，逐醫師的命令而居。奶奶胸腔過多的積水，使她全身水腫、寸步難行。我將 pig tail 連接胸瓶，鵝黃而清澈的液體緩緩自奶奶體內流出，每日都有近五百毫升的胸水自 pig tail 流出。然而奶奶的病情並沒有因為胸水的遠離而好轉，我們讓奶奶戴上氧氣罩、裝上尿袋，而後又因為無法進食裝了鼻胃管。

那天醫師巡房，詢問了家屬將奶奶送安寧病房的意願，只有開場沒有結尾的對話，使我們三人面面相覷。醫師走了，家屬拍著我的肩，他說他知道我們都已經盡力了，而我卻不知道我做了什麼。

我想起奶奶的故事，她說她以前是車掌小姐，後來認識了軍人丈夫，婚後她有三個女兒和一個兒子……當她細數著昔日和丈夫約會的細節，我彷彿能看見奶奶年輕、健康、幸福的模樣，而疾病，使原本的一切變得扭曲而碎裂，她的丈夫在一年前因肺癌而不幸去世，兒子和媳婦也搬出老家，只剩年邁的她一人獨居。她昏迷送醫的那日，女兒竟對醫療人員說等她過世了再通知她們，而對於我們而言，除了震驚，只有無力。

走出病房，我措手不及拯救我的悲傷，那一日，是我在胸腔內科實習的最後一日，我才知道這場離別無聲而龐然。

原載於104年5月30日《自由時報》

離去或留下

離開14D病房後我仍經常想起這裡的故事，曾經有一位老太太長住。○○醫院14D病房，恍若一輛不曾安裝剎車的跑車，每日不斷地疾駛，比風速快，比老鷹的翱翔更快，除了聲嘶力竭的生老病死，還有更多不為人知的辛酸與無奈。

藏匿在憂鬱城市盆地裡的14D病房，一個個蒼白的幽室無止盡地向外延伸，流向城市每個角落，彷彿沒有人能和這棟偌大的建築物脫離關聯。那日醫師對老太太說明關於病癒後出院的事宜，以及再繼續住院會浪費國家健保的醫療資源，公立醫院已經相當擁擠，病房一床難求，希望床位可以讓給更需要的人。「我就是那個需要的人，我的身體我最了解，我的病還沒好，我要繼續住院，如果是因為健保不讓我住健保病房，那我轉自費病房。」再次走出病房後，醫師無奈地對我搖了搖頭，希望我去勸勸這位太太。

昔日我只知道老太太有位孝順的兒子，在凌晨穿梭在病房間，總能見到他的身影，趴伏在老太太的病房入睡，彷彿睡得很深，又好像睡得很淺。我已鮮少在病房見到如此場景，陪伴在年邁長輩身旁的，大多是看護，來自東南亞各式國家、各式膚色，混雜著各式口音，總讓我以為是自己身在異鄉。

走入病房，我對老太太說：「阿姨！您最近還好嗎？妳的藥目前只剩下止痛藥，已經差不多可以辦理出院了！」太太長嘆一口，「如果我出院了，那我兒子又要回美國了！」

平淡的言語恍若一道冷箭，尖銳而冷冽，我忽感心中掠過一陣龐然的酸楚。老太太開始說起獨居的無奈，在先生去世後，家裡只剩她一人。自己唯一的兒子在美國工作，也許不久後也會在國外結婚，現在只有逢年過節才會回臺灣探望她。老太太說讓兒女念愈多書，只會讓孩子離自己愈來愈遠。「還是別讓孩子念太多書的好。」她如是說。

大家敬而遠之、亟欲想逃離的病房，有人卻想留下。留下的原因，是為了挽留至親至愛的人。不知道在未來的某天，我是否也必須裝病，才能讓愛人留在身邊。

原載於104年6月14日《自由時報》

人生的過客

「人生到處知何似，應似飛鴻踏雪泥。泥上偶然留指爪，鴻飛那復計東西？」

人的一生，總是會遇到諸多形形色色的人，但不論是友人、情人，抑或家人，都只能算是人生旅途中，一個微不足道的過客。有些過客，你會願意邀請他進入家門，奉上一杯茶水，聽他傾吐一路上的奔波勞苦；但另一些，卻有可能僅止於點頭之交。

人生的不同階段，會有不同的過客路過我們的人生。在求學的階段中，我們的身旁總是會有許多同儕的陪伴，有的相交至深，有的則否。然而，這樣的友誼卻也只能維持到畢業。畢業後不久，或許還會很殷勤，但誰也難保幾年之後的友情不會褪色。而最美的初戀，總是充滿了憧憬，卻也維持不久。第一個情人總是不會陪你到最後，畢竟，人生的過客總是不會久留。

有些出現在你我生命中的過客會陪伴我們一個階段，年少時候的玩伴、求學階段的朋友抑或青澀時期的情人；而緣分淺一些的，或許只在我們身邊掠過幾年。但有些過客，只在你的生命中出現一剎那，卻能留下永恆的回憶，足以改變你我的觀念、想法，甚至是「一生」。

猶然記得，前不久的日子，我在彰基服務。服務的期限內，我偶然遇到了一位罹患罕見疾病的小姐。她向我詢問醫院的動向以及各個診療區的位置。她說，她想熟悉彰基的環境，因為她必須在這邊接受長期的治療。遠從桃園來的她，看起來十分羸弱，但臉上卻洋溢著自信的笑容。我不禁納悶了起來：桃園的醫療資源並不會比彰化匱乏，為什麼眼前的這位小姐要舟車勞頓遠從桃園南下求醫呢？她告訴了我：她罹患的罕見疾病是「冷凝蛋白血症」，目前並無明確藥物可以治療。她說從小到大，已有不勝枚舉的醫院拒絕看她的診。令人非常感慨的是：臺灣的醫學界大都以賺錢為目的，已經越來越少有醫院願意投入大量資金、資源去研究「罕見疾病」了！

她告訴我，她覺得自己是一個非常幸運的人。因為有許多和她罹患相同罕見疾病的嬰兒，出生不久後就過世了。她說她能活到現在，簡直就是一個奇蹟。而彰基的醫師願意看診，她便不辭勞苦地南下求醫。而支持她活下去的動力來源則是：院方的研究可以當作前車之鑑，讓未來罹患這種罕見疾病的病患能有所依據參考。她將手提袋中一本偌大的資料本遞給我，我接過手後，翻閱著，裡面記錄著她的病歷、國際間最新的研究報告等等。我心中不禁泛起了一陣陣酸楚。一樣是上帝賜予的生命，有些人即使遭受病魔的摧殘，仍然不忘以一顆虔誠的心來感謝、幫助他人。

比起我們所經歷的人生，那些升學所面臨的壓力挫折，抑或家中大大小小的爭吵，相較之下顯得毫無意義且微不足道。我們又何必去跟一位過客斤斤計較呢？何必為了一些無傷大雅的玩笑惱怒，甚至跟他人對簿公堂呢？

當我準備離開時，她問我相不相信「緣分」。我點頭微笑。「緣分」真的是一種很奇妙的東西。她是我生命中的一個過客，卻也是個貴人。

如今，一個多月過去了，我的人生似乎也按照一個慣例悄然前進。但是，我忘不了那天所發生的事，還有她那張笑容可掬的臉。

或許，你我常在路上看到為小擦撞而爭執不休的路人；或許，你我也常在市場目睹討價還價的家庭主婦。一樣是生命中的過客，一樣是彼此不熟悉的陌生人，但是卻可以帶來如此大相逕庭的感受。雖然，我還是不知道那位小姐的姓名，但她對生命樂觀積極的態度，卻深深影響了我。

經過與這位小姐的邂逅，讓我更加珍惜生命、珍惜緣分。即使我們的生命充滿了缺陷與不完美，但仍有更多美好的事物等待我們去挖掘，有更多美麗的夢想等著我們去實現。與其抱怨生命中的不平，白駒過隙的人生有更多值得我們體驗的事物。珍惜生命中的每分每秒，珍惜與每個過客的緣分，才是最重要的。

原載於104年6月19日《臺灣時報》

悲傷的家訪

在衛生所實習的那段時光，我日日頂著驕陽在城市的街道中游牧。要成為公衛護理師最重要的便是學會八面玲瓏，因此總要花費時間去拜訪里長、警察，因為關於社區的一切，我們都不能遺漏，包含路邊的狗大便、包含公布欄或監視器。比起公衛護理師，我覺得自己更像是偵探，查訪社區的各個角落，不能遺漏任何一個蛛絲馬跡。

其中最煎熬的事之一便是家訪。世風日下的社會，我常常被誤認為是詐騙集團。我仍記得第一次看見連爺爺的那天，已邁入春天的尾聲，他帶我走進他巢居的那棟老舊公寓，來應門的是步履蹣跚的連奶奶。直到那日我才知道家徒四壁原來是這麼一回事。

連爺爺和連奶奶的雙人床已占掉大部分的空間，斑駁錯落的油漆掉落滿地，沒有冷氣和電風扇，甚至沒有多餘的座位可以讓我坐下。連奶奶靦腆地笑著，恍若看見了我，又彷彿沒看見，直到連爺爺說奶奶的視力已經漸漸退化，我才意識到原來連奶奶戴著一副厚重的眼鏡是為了遮掩她那張已被歲月磨損的臉龐。

我坐在奶奶小而簡陋的床上，忙著幫連爺爺和連奶奶量血壓、血糖，奶奶說起了關於她的一生。她和連爺爺結婚後生了一個孩子，卻在他成年的那年因車禍去世，而後她就再也沒懷過孕。如今她已漸漸看不見，生活起居只能給先生照顧，她說她很對不起連爺爺，沒有留下一個孩子，現在連生活都要拖累他。說畢，連奶奶潸然淚下，我卻不知道該說什麼才好，原來在病房外亦充滿了許多大相逕庭的人生故事，我想起了托爾斯泰的一句話：幸福的家庭家家相似，不幸的家庭個個不同。

而我竟想不到這是我第一次也是最後一次看見連爺爺。五月中旬我再次打電話到連爺爺家，才知道連爺爺在上個月去世了。如今連奶奶獨居，這個狹小的房間顯得格外冷清，卻又異常龐大，空氣裡彷彿蒙上了一層厚厚的灰，卻不及連奶奶的臉龐朦朧失落。

走出連奶奶的家中，我才知道除了病房，在社區中的生離死別，更令人無從措手。

原載於104年6月27日《自由時報》

這樣的日與夜

盆地的清晨總是漫長而遲緩，所有人都和灰暗天光一般渾沌朦朧。放眼路上行人，多數拖著蹣跚步履和惺忪睡眼搭上公車捷運，眼觀四面的路人，仔細瞧瞧，似乎都能找出些許關於他們職業的蛛絲馬跡。

例如護理師。上白班的護理人員大都會在六點多鐘搭上捷運，從長褲下的那截膚色腳踝，隱約看得見比膚色更深一點。那是彈性襪。對於一個護理新人，穿彈性襪和綁頭髮的時間都是必須節省的，我想起學生時代的自己，在宿舍裡必定會穿好彈性襪、扎好頭髮才搭上捷運。我猜測眼前和我擦身而過的這個年輕女子，必定和我同行，我們和中學生搭著同一班捷運，在這個城市的醫院游牧。

然後是深夜。城市的夜晚恍若煙花，夜夜燦爛，夜夜如花如火，我總在大夜下班之後搭上捷運，在玻璃窗外凝視依然亮晃的城市，我想必定有情人正共賞此番夜景。也許有歌、也許有美饌佳餚，我卻早已對於食事失去興趣，只惦記著我巢居公寓裡的床。

還有疏離的人際圈。我總是過著和家人、友人、情人大相逕庭的生活。脫離學生時代，早已忘了何謂週休二日，踏入醫院後我的晝與夜更是失去意義。尤其情人更是無法諒解，他總看不見我。偶爾在醫院的門診等我下班，我卻因著病房的各種情況未曾準時過。難得的電影約我竟在影城裡睡得不省人事，直到電影結束他叫醒我，眼神透露著無奈與不滿。於是我們漸行漸遠，終究無疾而終。

只剩友人恆常約我，或吃飯，或旅行。吃飯也許會是早餐，而旅行，我總會說起關於自己的工作性質種種原因，無法請長假。她們體諒我的辛苦，但我更常說起的是病房的辛酸，一場場令人無從措手、聲嘶力竭的生老病死。

「我好希望我永遠不懂。」友人如是說。

原載於104年6月20日《自由時報》

傷

離家北上已近三載，細數著在臺北就讀護理學院這三年不長不短的日子裡，晝與夜對於我更是失去了意義。疏離的人際圈裡，我總是過著和家人、友人和情人日夜相顛的日子，恍若護理學業向我收購了未來的一切，包含青春歲月、包含快樂、更包含親情。

一日的暮春早晨，我如往常般搭上早上七點鐘的捷運，到新北市的衛生所實習。早晨的街道，只有稀少的學生們拖著蹣跚步履和惺忪睡眼搭上公車、捷運，我彷彿能見昔日高中時代的我，但那段時光卻早已離我遠去。四十分鐘的車程，仍不及酣睡，轉眼間我到了永安市場站，甫出捷運站，我目睹了一個年邁的奶奶，狼狽地摔倒在柏油路面上，手腳都是擦傷，她菜籃的水果散落了一地。一旁的路人扶起了她，幫忙打電話叫了救護車。不久後救護車雖然到了，但是奶奶卻堅持不搭救護車。

「我不要坐救護車，上了救護車後，醫院就會通知我的兒子和媳婦，他們都在上班，我不想讓他們麻煩！」奶奶如是說。我上前勸說了許久，仍然說服不了固執的老奶奶。於是我承諾奶奶先暫時先不告訴她的家屬，先帶她回衛生所讓主任診治。搭計程車帶老奶奶到衛生所的路上，她娓娓說起了關於她的故事⋯⋯。

她說，她年輕時工作的甘苦、婚後的難處，直到現在有了兒女，仍然為著兒女的事每日操心。最後她感慨地說：「人老了就是要認老，我的兒女現在都很有成就，也已經算是很孝順了。但是現在，卻換成是我必須聽他們的話了，如果兒女一生氣，就不養我了，把我送去安養院，那我該怎麼辦呢？」我聽著聽著，卻說不上一句安撫奶奶的話語。

照過X光之後，才發現這麼一重摔，讓奶奶的恥骨受傷了。在未來的幾週內，主任告訴奶奶盡量要多休息、盡可能坐輪椅行動。奶奶搖了搖頭，告訴主任說還要買菜負責家中的三餐，沒辦法休息、更沒辦法坐輪椅。

辛苦了一生的奶奶，八十多歲了仍然擔憂著兒女的事。就連自己生病受傷，仍然想著生活中繁瑣的家事。陪奶奶走出衛生所的那一刻，我忽而看見，一抹哀傷從奶奶的神情中流露出來，不知道此刻的奶奶，心中在想些什麼呢？

原載於104年8月29日《自由時報》

兩個女孩

平靜安詳的假日婦產科病房，今日，住進一位十七歲的小女孩。入院手續仍未辦好，便聽見她的哭聲和家人的咆哮傳遍整個護理站。因為腹痛多日，女孩的家長以為是腸阻塞，做了各種檢驗後，赫然發現女孩原來是懷孕了。更令人驚訝的竟是小女孩至今仍然無法確定孩子的父親是誰。

在婦科病房裡，小女孩淚流滿面、驚惶無助，一旁的母親對女孩大聲喝斥著：「妳哭什麼哭？背著我做了這麼丟臉的事還有臉哭嗎？」母親一說畢，在場的醫療人員各個面面相覷，陷入一片沉寂。醫師語重心長地對小女孩說：「無論如何，妳都不應該否認妳有過性行為，讓醫師誤診或就醫延誤。」醫師冰冷的言語裡，其實更藏著醫者的父母心，醫療人員擔心各項有輻射的檢察會對胎兒造成不良的影響。醫師語畢，女孩哭得更加淒厲，因為少不更事偷嘗禁果，釀成的錯誤令人扼腕不已。

而在同一日，病房亦住進一位年紀相仿的女孩，她挺著便便大腹，攙扶著她的是大她兩歲的男朋友。在護理站的我們又驚訝又好奇，詢問住院資料時小心翼翼地問著關於他們的家族史以及學歷職業的問題。女孩告訴我，她因為去年發現自己懷孕，和家人、男朋友商議之後，就決定先休學，等到把孩子生下來之後再復學，繼續完成學業。看著這個女孩，在我的腦海中彷彿出現了一個幸福的畫面：有先生、有妻子和小孩，相較於在病房裡輪值三班的護理師，婚姻或孩子對於我而言，恍若都是奢侈而遙遠的夢想。

相似的事件，在兩個女孩身上，竟有如此迥異的境遇，我在病房，每日目睹著這一個個看似荒唐的鬧劇，但這卻是一個個真實又赤裸的人生。

原載於104年9月4日《自由時報》

兒科病房

醫院座落於城市的郊區，院前有座小而溫馨的公園。每日來到醫院五樓，病房的長廊是淺褐色的木質，長廊邊有各種尺寸的輪椅，牆上貼滿了各式各樣的卡通動物貼紙，這裡，是兒科病房。

在兒科病房實習的那段日子，我親眼目睹各種罕見的兒童疾病，這些疾病讓許多病童原本應該擁有的純真童年扭曲碎裂，病房不曾間斷過的哭聲取代了原本屬於幼童的歡笑聲。

猶記在兒科的第一天，我照顧一位PWS（小胖威力症候群）的妹妹。PWS，在世界各地的遺傳門診中是一種常見的神經發育疾病，也是造成遺傳性肥胖的常見原因，會影響身體多個系統。PWS最明顯的表徵為智力障礙、性腺功能減退、生長激素不足造成身材矮小、肌張力低下、畸形特徵、睡眠障礙、脊柱側彎和行為功能障礙，其中最廣為人知的是不停尋求食品和高風險肥胖的表現。

我幫妹妹打完胰島素後，她媽媽感慨地對我說：「以後還不知道這個孩子有沒有就業能力，我又不能照顧她一輩子。」說畢，我見她眼角掉下了滴眼淚。幾年下來的醫療費用儼然成為家庭的經濟負擔，這次住院又讓她的工作停擺，因為暈倒，醫生為妹妹安排了許多的檢查，

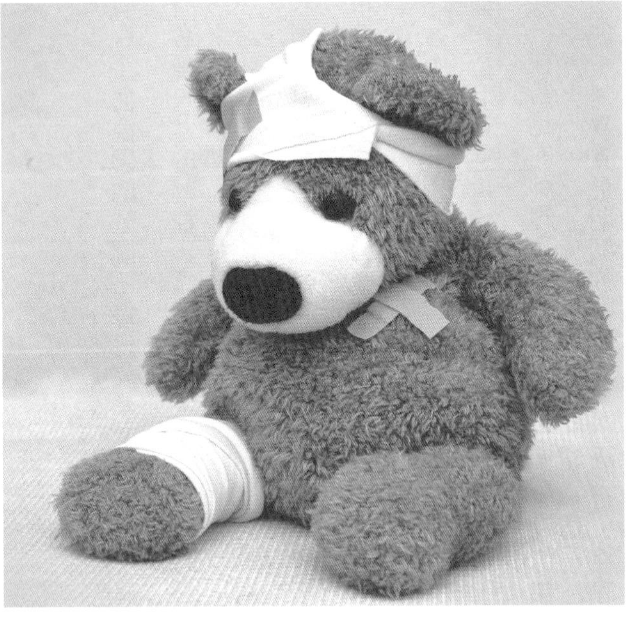

卻也找不出妹妹暈倒的原因。

再回到病房後，PWS的妹妹已經出院了。「幸福的家庭家家相似，不幸的家庭個個不同。」也許在兒科病房，更能深刻地體會這句話吧！

原載於104年9月26日《自由時報》

是否無恙

他是一個瞻望的老爺爺。進病房後卻拒絕服藥、拒戴氧氣面罩、拒絕任何治療。

枯槁的爺爺就這樣臥床，鬢髮皓然，嘴角總是向下，恍若厭倦了人間一切的事物。我總猜想著爺爺拒絕治療的原因，是否爺爺的子女不孝順。脾氣拗的爺爺不顧任何醫療人員的規勸，直到看見他的媳婦在病房裡照顧他的景像。

那是一幅溫馨動人的圖畫，彷彿時間在這一刻靜止了。媳婦一口口餵著爺爺，如此細膩溫柔。然而在他兒子出現時，爺爺又變成了另外一個樣子，他開始暴怒，用力扯下他鼻子上的氧氣罩，對他兒子大吼大叫，將他趕出病房。

某日他媳婦說起公公發病的過程，原來是她先生刻意隱瞞父親的病情，原本是善意，希望父親不要為了他的疾病擔憂，卻反而讓父親誤會他的子女希望他快些去世才幫他買保險。她說這些年公公的病情已拖垮了家中的經濟，說罷我看著她，溫順的她竟也有張參差的臉，頰上掛著兩行清澈的眼淚。

身為旁觀的醫護人員，我卻看不清。我又想起《安娜．卡列尼娜》的開場白：「幸福的家庭家家相似，不幸的家庭卻個個不同。」休假後我再次回到這個喧鬧如常病房，得知老爺爺已經出院，不知他是否轉院，是否無恙。

白衣天使的寂寞

在醫院的時光，我常常遊走在不合常理的生理時鐘裡，讓憂鬱和失眠啃嚙自己已逐漸老去的靈魂。

多少個身體疲倦的夜裡，我跋涉在白色巨塔的長廊間，嗅著各種刺鼻的消毒水味，安撫著患者們入睡，卻狠心地驅走了自己的睡眠。我努力睜開沉重的眼皮，呵欠頻頻，在電子護理記錄裡，我寫下了：「四點十五分睡眠呼吸正常，續觀察。」不帶任何情感的文字裡，所有關於病患情緒的形容詞都是贅述。交完班並給完了今晨的第一次藥後，我忍著飢餓走到更衣室，摘下護士帽、換下沾滿各種藥物藥水的護士服，我在更衣室裡發愣了好一會兒，才緩慢地踏上回家的路。

每次上完大夜班後，走出醫院，面對寧靜如常的清晨街道，連流浪貓狗都不喧鬧。暈黃的路燈映照著清道夫那張疲憊而憔悴的臉龐；而街上的垃圾和紙屑盤旋的沙沙聲陣陣傳入耳際，清晰異常，令人無法忽略，亦令人忽感孤身與寂寞。

如此強烈的寂寞啊！因為作息與常人相顛，而使身旁的那些友人漸行漸遠。我忽然意識到自己已單身多年，醫療人員疏離的人際圈，使我永遠在原點打轉著。還有家人，唯有在電話裡才能夠聽見他們對我的思念。但此刻的我，孑然一身，沒有家人情人陪伴，只有龐然的工作壓得我無法喘息。

此刻的我的的確確是寂寞的。但唯有寂寞才令人冥想，使人靜定安寧、使人更加思索反省自己。唯有寂寞的時刻，思緒才能明晰，才能看清自身的成敗功過，回憶情感裡的苦澀與甘甜。因為疲憊的身軀而使步伐蹣跚緩慢，因為如棺的水泥樓遮蔽了視野。

然而我心裡感激著這些不美好的一切使我寂寞、使我看見了另一個自己。

原載於104年10月10日《自由時報》

最後的尊嚴

那日深夜，我和張醫師站在呼吸衰竭的阿伯床旁。我們看著他不停地用頸上的肌肉喘著氣，全身冒著汗，表情痛苦猙獰。呼吸器與心跳監測器的警報聲響不絕於耳，一如阿伯的急促呼吸，聲聲刺入心扉，很難叫人不去注意。張醫師說，若不接上氣切管和呼吸器，他估計在這一個時辰內，阿伯將不久於人世。

「阿伯，請你聽我說，現在你已經到了最後關頭了，只要插管就能再維持你的生命！讓我們幫你插管好不好？」張醫師說畢，堅定地看著阿伯，卻換來阿伯的拒絕。此刻我看見一向靜定理性的張醫師心急如焚，手握著拳彷彿快瘋了。在這短短的二十幾分鐘裡，護理站的醫療人員都在阿伯的病房穿梭徘徊，輪流遊說著阿伯插管，然而阿伯卻總是猛烈地搖著頭，斷然拒絕我們。

呼吸器上顯示著阿伯的呼吸一分鐘六十幾下，比剛剛更喘了些。「伯伯，只要讓我們幫您把管子插上，接上呼吸器您就不會那麼喘了！」說畢，我急得幾乎要掉淚，而阿伯依然無動於衷。

於是我們決定說服在門外等待消息的家屬。「你們可不可以幫我們勸勸阿伯，他很固執，只要插上管子，就能再維持他的生命了！」張醫師苦口婆心地說著。然而家屬卻告訴我們，他們的父親長期臥病在床，飽受各種驚心動魄的手術，如今他的生命就快到盡頭，既然他想選擇解脫不想再繼續痛苦，為何我們要強求他活下來呢？

頓時間，我們手足無措。病人和家屬都雙雙選擇不積極接受治療，看在醫療人員的眼中，我們實在難以理解。

我仍記得昔日聽過一個醫師的演講，醫師說以現今的醫療技術，送入醫院的病人要維持生命並非一件困難的事，但常在醫病關係裡，有很多我們無能為力的地方，並非只是救或不救如此簡單。我想，今日的阿伯，是最真切的印證吧！

在這一兩個小時內，我們看著阿伯的心跳逐漸薄弱、逐漸隱藏，他用他最後的尊嚴交待著他的兒女關於他的後事。

原載於104年11月6日《臺灣時報》

他不說話

男孩依然不發一語。

在略顯侷促的精神科病房裡，我們只隔著一條手臂的長度，卻面面相覷。沉默已有半個小時的光景，我又再次沮喪地走出寧靜如常的病房。而相似的場景和劇本，在我精神科實習的日子裡，已上演了兩個星期。這漫長的兩星期裡，我未見過他的親屬，亦不知是否男孩曾經遭遇重大的創傷。總是躺在病床上的男孩，雙手抱胸，恍若不信任這個世界。

而後的時光，走進男孩的病房前，我總要想好所有想與男孩對話的內容，亦或故事、亦或笑話，是否有措詞不當。我在男孩面前忐忑不已，不知道自己的言語是否得罪他、激怒他，否則為何男孩怎麼也不回應我呢？有時，我覺得我和男孩之間的關係很微妙，我就像是背好劇本的演員，而男孩如同淡漠的觀眾，我努力地想盡各種方法來博得唯一觀眾的歡心。單人病房裡，我自導自演唱著獨角戲，一人分飾多角，荒唐裡有種難解的尷尬，而男孩卻總是別過身，對我不理不睬。在這孤單角色裡，我總是自言自語，很多時候，我都覺得自己所努力的一切皆是徒勞。

後來的幾週，我日日朗誦一首我喜愛的詩；或一則故事，並告訴男孩我的想法和為什麼喜歡。我用盡各種玩具布偶和抑揚頓挫，製造高潮迭起的劇情。我感受到男孩漸漸願意抬頭看著我，並在我閱讀的時候投以讚許的笑容。

不知持續了多久，數個月後的某日，也恰巧是我即將結束精神科實習的那一天。我說著我喜愛的歌曲和歌手時，男孩說：「我記得我小時候好像聽過。」我驚訝地看著他，心中有無限喜悅，我相信，再過不久之後，男孩就能和一般人一樣正常說話了。

原載於104年11月8日《自由時報》

病房涼苦

七月的兒科病房涼而苦，涼是因二十四小時未曾停歇的的中央空調，讓病房永遠維持在低溫；苦的則是每個年紀幼小的病童，還有那些跟著一起飽受疾病折磨的家屬。對護理師而言，在兒科病房的每一日，都像一場戰爭。兒童細小的血管易脆而難打上，家屬的睽睽眾目下，我遂知在此，不容許失敗和犯錯。

細小的針頭刺入嬰兒的皮膚裡，恍若亦刺入了父母的心坎裡，淒厲的哭嚎頓時間傳遍整個兒科病房，令人無從措手。拭去她眼角緩緩流下的淚水，我已不忍再睹。也許在每個尚未成熟的幼小心靈裡，早已恨透了這位白衣的護理師吧！

我仍在喧鬧如常的病房間跋涉。其實我們都深知，我們所面對的，不只是大眾眼中看似簡單容易的「小兒科」，我們面對著一張張天真無邪卻總是哭喪的臉。

仍記得中旬的一個午後，加護病房轉來了一個四歲的可愛小妹妹，患有氣喘的小妹妹，自小在病房間出入多次，早已對病房不害怕了。那日跟著主治醫師查房，醫師說起妹妹的病情如果沒有好轉，希望可以轉回加護病房，小妹妹的媽媽於是對著我們破口大罵：「你們動不動就轉加護病房，有沒有想過身為家長的感受？自己能力不夠就別當醫生護士！」語畢，我們面面相覷，尷尬了好一會兒，我們緩緩地向她解釋道，目前醫師的人力不足，兒科白班只有三位護理人員，沒有辦法為小妹妹提供完善的照護，萬一小妹妹有突發的狀況，加護病房的處理會比較從容完善。

身為醫療人員，對病童的關照不會亞於父母，然而面對疾病，醫療人員亦是弱者，我們比誰都更想救活每一個人。

原載於104年12月11日《臺灣時報》

寂寞的爺爺

他是一位患有氣胸的爺爺。猶記爺爺住院那日，竟是他自己從榮民之家搭計程車來醫院看病。詢問病史的時候才知道，在幾十年前，爺爺是個軍人，跟著國民政府遷居臺灣後，至今仍孤身一人，沒有結婚、沒有兒女，在大陸的家屬早已失去了聯繫。

爺爺雙耳重聽，和他溝通我只能扯著嗓子，或者比手畫腳許久，都可能只是徒勞。年邁的爺爺就這樣在簡

陋的健保病房內，髮蒼蒼、視茫茫，再加上幾近聽不見的雙耳，使他蒼老的臉龐總是掛滿愁容，彷彿早已厭倦了紅塵。那日醫師在爺爺的胸壁放置胸管，並裝上了胸瓶，此後讓原本步履蹣跚的他行動更加不便了。爺爺的一吸一吐在胸瓶裡更加清晰，而那只胸瓶，彷彿時時刻刻提醒著爺爺身罹疾病的事實。

每日我記錄著爺爺肋膜腔引流出的液體有多少毫升、胸瓶的功能是否正常、疼痛指數這些冰冷的數字，卻沒人真的在乎過爺爺是否孤單寂寞、

是否需要陪伴。比起其他病床的病人，爺爺的病床冷清慘淡，沒有家人的陪伴、沒有朋友的探望、沒有鮮花卡片的祝賀、沒有小孩的嘻笑吵鬧聲、更沒有熱騰騰的食物香味。

身為旁觀的醫護人員，除了那些醫療措施，我卻也幫不上什麼忙。我想像曾經馳騁戰場的爺爺，如今壯志風情已暗消，令人不勝唏噓。休假後當我再次回到這個喧鬧如常的胸腔內科病房，得知爺爺已經在前一日出院，不知他是否已安然回到他的榮家。

原載於104年12月19日《自由時報》

鶼鰈情深

在胸腔內科病房實習時，曾遇過一位老先生，每天都在病房裡陪伴著他的夫人。學生時代在實習時，雖然時常忙碌得像旋轉不止的陀螺般，但卻對患者充滿著許多好奇和熱情，總想利用課餘的時間和機會，多瞭解病友們的生命故事。

在別的病房病床，多是由雙親照顧兒女、兒女照顧父母抑或妻子照顧先生，鮮少看過先生照顧妻子那樣鶼鰈情深的動人畫面。

一日在幫老奶奶胸腔引流時，她緩慢地告訴我關於她的故事。她說丈夫是個軍人，她在大約二十歲的時候北上工作，第一份工作是在理髮廳內，巧妙的機緣下認識了她的丈夫，因而相識相愛，最後終於有情人終成眷屬，步入了婚姻。我總在病床邊聽著奶奶說起年輕時的種種趣事，像一千零一夜的童話，一段接著一段，我總希望，奶奶的故事可以持續不停，和童話故事一樣，有個快樂美滿的結尾。

然而真實的人生總不會如此圓滿，而後的幾日，奶奶的食慾愈來愈差，病情每況愈下，腹水愈積愈高的奶奶，已開始戴上氧氣罩，並伴隨著許多症狀，讓整個醫療團隊疲於奔命。我們時常希望上天能垂憐這對深情的夫妻，能有奇跡出現在奶奶的身上。令人最不捨的是老奶奶怕痛，身上的兩條 pig tail 使她飽受折磨。她曾委屈地告訴我，有著這兩條豬尾，讓她輾轉反側，連入睡都很困難。

那日和實習醫師一起走進奶奶的病房內，是要告知她先生我們已經盡力，希望能夠讓奶奶去安寧病房好好度過最後的人生。醫師一說完這些話，只見老先生臉上掛著兩行鮮明熱淚，卻依然對我們行禮，說：「你們是臺灣最優秀的醫院！我知道你們都盡力了！謝謝你們！」當下老先生簽署放棄急救的同意書，老先生的眼淚像洪水般不停地流了出來，手顫抖著簽下了他的名字。準備轉送安寧病房，陪伴奶奶走完人生最後的一段。

昔日在實習時，我曾見過幾例死亡，我總以為經歷過許多的我，已變得更堅強勇敢，能夠承受得住淚水，可當奶奶被送出病房的那一刻，我還是落淚了。老先生一邊整理著奶奶的生活用品，一邊告訴我和奶奶相識相戀的過程，在我腦海裡，恍若浮現了這些令人動容的畫面，我幾乎可見他們年輕的模樣，是英俊、貌美的，而這場離別，來得過於匆忙，無聲而龐然的死別，掛在心上，卻是如此地沉重。

走出病房，我不及拯救我的悲傷。實習老師對我說，記住自己為何哭的理由，並且窮其一生去努力，要坦然接受護理師亦是人，有專業、更有情緒。我想，不論在護理之路走了多久，都要尊重每一個可貴的生命，以從容平靜心面對死亡，但絕不能麻木。

使命

在萬物酣睡的時刻，身為實習生的我們，總是抵抗睡意、不畏風霜地從床上起身，踏上通往醫院之途。在快速移動的捷運車廂，令人躁動不安，也許，是因著每日必須面對的各式疾病、各式病患；也許，是因著這樣的挑戰日日不同。但我們深知，這是成為護理師必經的磨練和修行。

從內外科、產兒科到精神社區，實習的日子，我們在忙碌的病房裡周旋不止。以病房為座標，臨床的師長帶領著我們推著有如龐然大物的電子化給藥車，喀拉喀拉地走過安靜的病房長廊，為每個病人給藥和做治療措施，每次，我們都深怕吵醒了正熟睡的病人。

而每次與病人的相遇，彷彿都預告著終有分別的一日。比起病人感謝的言語，我們更希望他們是帶著健康和笑容踏上返家的歸途。我們在病房的每一日，看似相似，實而大相逕庭。每位病人的真實人生，恍若一個個賺人熱淚的故事，令人思索，亦令人流淚。

即使在病房的時光漫長無盡，護理師的壓力和寂寞無處傾訴，我仍堅持在這條護理之路上奮而不懈，因為，這是身為護理師的責任和使命。

原載於105年1月17日《自由時報》

精神病房

大學的最後一個寒冬裡，我在精神病房實習。

我一直記得我在病房裡照顧的第一個病人告訴過我：「妳是一個好女人，但妳會遇到一個壞男人。」自此之後，我每每進入他的病室，他都會幫我算一次命。他幫我算過事業運、感情運和偏財運，口齒時而含糊模稜、又忽而清晰異常，令人無從分辨。他說他是呂洞賓和觀世音的化身，能以電流和我們所看不見的靈體溝通，他說醫學上稱他的行為為幻聽十分愚蠢，沒有人了解他使他感到寂寞。他透露他的家人嫉妒他的才華而對他下咒，他會住進這裡是他自願住進來的，他說這也是一種修行。

我總是會靜靜地聽著他娓娓道來他的故事，走出病房，我翻著他有如層巒疊嶂的病歷，原來他的兄長是某科技公司的高層，他的家人因為忙於工作，也對他失去了耐心，因此將他送進精神病房。

他的言語令人莞爾，但他的故事和遭遇卻使人動容流淚。耶誕節的那日，我寫了一張小小的耶誕卡送給他，他竟然看著那張卡片潸然淚下。我始知，原來精神患者亦能感受到我對他的關懷。

原載於105年1月23日《自由時報》

寂寞如冰

跨年這天，我依舊在醫院裡孤身度過。我獨自想像著煙花盛開那瞬的燦爛美好，使人笑、使人歌，但今日唯一陪伴我的是精神科的病友，和同樣身著白袍和白衣的同事。此夜，我又再次遊走在不合常理的生理時鐘裡，讓憂鬱和失眠啃嚙自己逐漸老去的靈魂。

我跋涉在白色巨塔的長廊間，清點著病友，安撫著失眠的患者入睡，卻狠心地驅走了自己的睡眠。精神科病房的夜和外面一樣不平靜，病友們的喧囂讓病房更加不寧靜。我愣了好一會兒，才猛然發現從我工作的醫院外，恰恰可見到壯觀的一〇一大樓鶴立於其他大樓之上。倒數的時刻，火樹銀花正燦爛播送著新年的各種新氣象，人群將捷運站和廣場擠得水洩不通，「還好我沒這個問題。」我送病友們入睡，一邊寫著護理記錄，一邊如此安慰著自己。

已算不清這是第幾個單身的跨年之夜，我好羨慕正和朋友家人度過美好時光的人啊！我忽而意識到自己已不再年輕，單身的日子裡，和常人日夜相顛的作息使我的人際圈永遠在原點打轉著。而家人，唯有在電話裡才能夠聽見他們對我的思念，對於一個沒有家庭的單身護士而言，自然是要將這樣的美好假日留給有男友和家庭的同事啊。此刻的我孑然一身，少了家人和友人的陪伴，只有龐然的工作壓得我無法喘息。然而望著眼前層巒疊嶂般的病歷，才知道原來我還有這麼多未完成的護理記錄，不知道今日何時能夠下班？

寒冬裡的病房格外冷涼，卻不敵心上的寂寞。此刻外頭的煙花燦爛如火，我的心卻寂寞如冰。

原載於105年2月5日《自由時報》

豬尾巴

猶然記得在胸腔內科游牧的那段時光座落於十月，那年十月恰是我剛陷入失戀低潮的時候，在低潮裡我早已無心學業和病房內的實習，只想渾渾噩噩地度過這個冬季。十月的一切彷彿都變得安靜寂寥，我的手機始終沉默，社群網站因許久沒有更新而蒙上了一層厚厚的灰。我在酒精的陪伴下度過了許多失眠的夜晚，卻仍要勉強自己面對在內外科實習的龐然壓力。

月末在寂靜如常病房內，我遇到了一位生性樂觀的阿伯，他幾乎將我從這段傷痛中拯救出來。記得那位阿伯年紀大約屆於知命之年，來自臺東的他，妻子已經過世了，他有一女二男，孩子們紛紛成家立業後，阿伯在東部獨居。身材微胖的他，笑起來就像彌勒佛般討喜，每每見到了護理人員，都會熱情地向我們揮手打招呼，問我們今天好嗎。

還記得阿伯入院的那天，恰是十月的最後一日，那個早上天氣很好，阿伯拖著行李箱從容地走到護理站辦理住院的資料，東西都還未歸位之際，醫師們就將他帶到診療間裡，在他的身上裝了一條 pig tail（胸腹腔穿刺放液的引流管，以用來引流膿液、積水或者血水，以增加患者的舒適性）。pig tail（豬尾巴），一個聽似滑稽莞爾的醫療用品名稱，但在目睹了一切手術的過程後，我深知這是經歷過一場驚心動魄的手術，才能夠換來這條珍貴的塑膠尾。

阿伯住院的那段時間，我每日清潔消毒著這條像豬尾的管路，依醫囑將阿伯身上的 pig tail，輕輕地接上一個五百毫升的無菌真空引流瓶。看著阿伯胸腔裡的血水、胸水流出身體、流入胸瓶，由快而慢，由鮮紅轉而暈黃清澈，也代表著病況逐漸轉好。幾日下來，我觀察到這位曠達的阿伯，一見胸水流出來的速度慢了下來，他便在治療椅上像個孩子般左右搖擺，以讓胸水能夠快些流出。

這是低迷的十月裡，我在那個病房實習之際，第一次見到如此開朗樂觀的病友。看見阿伯恍若一個天真的孩子般搖著治療椅，我遂想起了兒時用十元投幣的搖擺木馬，他把治療用座椅當成玩具般隨之搖擺起舞，我露出久違的笑容，心裡亦跟著歡喜滿足。憶起這位阿伯，自住院以來，幾乎見不到疾病帶給他的悲苦。阿伯總是用他堆滿笑容的臉，告訴我們這些實習生，來住院就像度假，有乾淨舒適的房間，可以遠眺窗外的風景、有美麗的護士小姐和仁心仁術的醫師這麼關心照顧他，哪裡會覺得痛苦呢？

阿伯也常將家鄉臺東初鹿的名產拿出來和同住一間的其他病友分享，每每走入他的病室，都感受得到在這位達觀阿伯的感染之下，整間病房的氣氛和樂融融、四海一家，病友和家屬們打成一片，溫馨又和諧的畫面永駐在我的腦海，不曾因歲月的流失而褪色。

阿伯出院的那天，穿著一件花襯衫，他的子女和孫子都來接他出院。經過護理站時，阿伯和他的家屬都客氣地跟我們道謝。看著他拖著行李箱離開病房漸行漸遠的背影，感覺阿伯真的像是和家人來醫院度假呢！

而我，從來也沒想過，一場場驚心動魄的手術，在阿伯的臉上，竟然能夠化為一個個燦爛的笑容，鼓舞著其他的患者，即便是面對病痛，也不忘要露出笑容，仍然要樂觀開朗地面對每一天。而阿伯的燦笑彷彿也鼓勵著我，不管面對情傷的挫折，抑或臺灣艱困的醫療環境，也要不忘原始的那份初衷。

旅居病房

阿宏是我大四在精神科實習第一個照顧的病人，三十二歲的他，染了一頭引人側目的時尚金色頭髮，戴著粗框眼鏡的他，還留著茅草般的落腮鬍。第一次看見阿宏，覺得他藝術兮兮的模樣，我們一群實習生猜測著阿宏到底是否是個藝術家或音樂家？翻閱病歷後得知，阿宏的工作果真和我們的猜測相去不遠。

晏起之時，他總會為病房高歌一曲。阿宏說學生時代的他，是學校的風雲人物，他組過地下樂團、自己作詞作曲，還曾經自費出版專輯。發病後的阿宏，勉強完成了大學的學業，但精神狀況每況愈下的他，卻仍逃離不了住院的命運。

阿宏的大哥是某科技公司的主管，父親是高中的物理老師。相較於優秀的大哥，阿宏的雙親認為阿宏的音樂夢荒唐至極。每當阿宏提到他的父母，他總神態失落地說，他父母覺得他是孽子，他是個失敗的人，在原生家庭裡，他毫無發言的權力。那天他說完這些話，又躲回他的被窩裡暗自啜泣。躁鬱不定的阿宏，時而笨拙、時而聰慧，當阿宏低迷的時候，不吃飯、不洗澡、不刷牙，總必須經過護理人員們的好言相勸，他才願意維護基本的身體清潔。

二十出頭被診斷出精神疾病就開始住院治療的阿宏，總笑稱這裡是臺北市○○○○大旅店，十多年來頻繁出入院的阿宏，以病房為家，旅居在不同的病房裡。臺北各個醫療中心的精神病房他幾乎都入住過，對各個醫院如數家珍的阿宏，如今已三十多歲了。常言道三十而立，三十歲，應是成家立業的年紀，而他泰半年輕的大好時光，卻全部都在冰冷失色的白色巨塔裡匆匆度過。

聽完了阿宏的自嘲和形容，我忽然也開始覺得病房如同旅店，病友們旅居病房、醫療工作者也旅居病房。病友們形形色色、來去不定，無人長住亦無人留戀的蒼白房間，也許也沒有人會認真記得哪位白衣天使曾經照顧過他們吧！

聲腔花俏的病房

臺北城聲腔花俏、繁華似夢，我恆常在病房高處遠眺此城。我看著成群的車隊和時尚男女，紛紛湧進一個個深夜樂園裡，燈火通明的夜總讓人不及感知這城的歷史。我時常思索著，在彷彿與世隔絕的白色巨塔裡，恍若有著另一個聲腔花俏的世界，是鮮為人知的。

譬如精神科病房。

在精神科病房毫無規則的早晨裡，病友的大聲咆哮、引吭高歌，讓原本應該安寧的白色巨塔，充滿著嘈雜嘶吼和各式不全的五音。帶領病友跳著結合他們自創舞步而荒腔走板的國民健康操後，我們叫喚著病友們一個個排著隊找護理師吃藥，天花亂墜、天馬行空的幻視幻聽內容不絕於耳，在哭笑間，病友們分不清現實和虛構的事物。

有個病友總說他哥哥是電腦公司高層，為了陷害他，設計了一種電腦程式讓大家都討厭他，包含醫師走幾步進去的病房、護理師會說什麼話，都是他哥哥的設計安排，不論我相不相信，現在的科技已經進步到這樣的程度了。我試圖以關心化解他的防備，有次他卻問我為何要這麼關心他，是不是有什麼陰謀？我告訴他，在這裡每位護理師都會盡心盡力地照顧他，請他不必擔心，他卻又再次陷入低潮，「反正我哥還是會用程式讓大家都討厭我，你最後一定也會討厭我。」語畢，他掩耳埋進他的被窩裡，不知是自語抑或啜泣。

在病房裡有另一位美麗的女病友，猶記入院那天，她告訴住院醫師，她肚子裡懷了四十一胎，她擔心有人想利用她的孩子去為非作歹。我們費了好大一番力氣，還請防護班協助我們替她抽血。幾日後我告訴她檢查的結果是沒有懷孕的，請她不用擔心，她懷著敵意瞅了我一眼，說了一句：「最好是。」令人哭笑不得。

在精神病院裡，一個個聽似莞爾荒唐的故事，卻是病友們深信不疑的人生。我總是天真地認為病友們活在自己的世界裡無憂無慮，不需擔心升學就業，從幻想中就能達成這些事。直到一個深冬的夜晚，踏入某個病友的病房裡，我才某然驚覺我對精神疾患的認知是如此地荒唐而不成熟。

那位纖瘦的病友妹妹躺在病床上，身上穿了厚重衣物，卻還裹著兩層棉被。她摀著雙耳嘴裡喃喃自語著，我卻聽不懂她在說什麼。我一走到她的面前，她便對我說：「護士姐姐，我需要愛，但沒有人愛我！我爸媽和哥哥姐姐都拋棄我了！」說完了這句話，我看見她的淚水滑落眼角，沾濕了護佐今日才剛換過的床單和棉被。這位病友妹妹師範大學畢業，但比她年長幾歲的哥哥和姐姐們都是醫學系的高材生，重考了兩三年之後，妹妹的家人放棄要求她再次重考之際，她卻已經出現幻聽幻視等精神疾病的症狀，生活也漸漸開始無法自理。將她送進精神科病房是他家人最後不得已的決定。我忽而悵然，慨嘆正值一個女孩的花樣年華，眼前的這位妹妹，卻要在病房內度過這樣年輕的美好時光。

其實在精神病房裡的病友，泰半是家屬已經對他們失去了耐心，將他們送進精神科病房，是最現實、最有效，但亦是最殘酷的方式之一。看著病友們一本本厚重的病歷，我才了解，許多病友的人生往往比戲劇更荒謬荒誕。

夜深了，我看著失眠多日的妹妹，給了她一個擁抱，她的眼淚沾再次濕了我的白色制服，我心疼地拍著她的肩膀告訴她：「妳放心，我們都會關心妳、照顧妳，直到妳出院的那天！」

精神科病房手札

在醫院實習時，我見過一位令我記憶猶深的醫師，並非他有著如神醫般的醫術，而是他對病友的態度，真的非常令人動容。

那日，我們在精神科病房裡的團體會議上，主治醫師對著我們咆哮：

「這種病人就是要陪伴啊！一個八十幾歲的阿嬤欸！我昨天在的時候她明明就好好的，怎麼隔一夜就變成這樣？」

「要陪也要有時間啊。」住院醫師如此回答道。

「時間？就是要想辦法有時間啊！不然我昨天是陪假的喔？這樣的病人需要的是關心和陪伴，『陪伴』才是精神科的精髓，不然我們精神科就當一般內外科來治療就好啊！」主治醫師一說完，會議室裡所有的工作人員都鴉雀無聲，每個人都慚愧地低下了頭，深怕抬頭的瞬間，會看見主治醫師銳利的眼神。

我開始思索自己是否只是專注於執行護理技術，而忽略了主治醫師所說的，關於精神科醫療工作的精髓。在精神科病房裡，我常常窮於思索著，究竟罹患精神疾病是幸或不幸？日日走在異常冷清的病房長廊上，才知道精神病房和一般病房的迥異。有著兩道鐵門的精神病院，出入格外麻煩，所有的訪客皆需經過安檢和登記手續。這裡每個小時都要點名以確保病人狀況；每週固定的病房安檢要做得滴水不漏。一個個蒼白的病房幾乎沒有家屬來訪與探望，更沒有其他病房有的花束與色香味俱全的水果。每日晨間，病患在保護室用不全的五音大聲哼唱著歌；在床旁唸經的阿姨閉著雙眼看起來像虔誠的信徒；有宗教妄想的病友認為自己是觀音，日日在病房為其他病友算命；色情妄想的個案堅信某明星是他的女友。看著病人荒誕怪異的行為舉止，偶爾我也止不住笑意，但精神科病友有的單純和天真，我卻忘了去了解和感動。

還是個實習護士的時候，我時常反省著自己，在精神科裡，我究竟能為病人做些什麼？但愚鈍的我卻想不到除了護理技術以外的、那些更深入的陪伴和關懷，我該如何克服我心中對於精神疾患的恐懼，花更多時間去陪伴他們呢？也許正如主治醫師所說，我們太執著於做完例行事務，無法和病友建立關係，病友不願配合治療，其實對我們醫療工作者而言是更辛苦的一件事。

許多人以為精神科病房裡，有著一段段荒唐而令人莞爾的對話內容，以為在精神科工作是一件有趣的事。但我們深知，細究這些病友們的迴異人生，卻是令人鼻酸不已。許多精神科病房的患者，家屬和親友對他們早已失去了信心和耐心，不願意花時間陪伴他們，因而

將他們送至精神科病房。瘋癲癡狂精神病院裡的一陣陣歡笑的背後，其實是一個個我們所無法想像的歧異人生。

而那日主治醫師的一番話，恍若驚醒了夢裡人，讓我再次找回了對於護理的那份初衷與熱情。

原載於105年3月5日《自由時報》

精神領班

在精神科實習的第一天，急性病房的病友們就熱切地告訴我，吳大哥是這間病房的榮譽領班。自二十三歲就罹患雙極性情感疾患而入院的他住院經驗豐富，十年來反覆入院多次，對於病房的一切，包含廁浴間、飲水機，甚至今天哪位醫師巡房值班，他對醫院、對病房瞭如指掌的程度，可堪稱是病房裡的服務臺，任何關於病房的地理方位、值班的工作人員等問題，都可以找他解答。

認識吳大哥是在一個寒冷的冬季，我仍是個菜鳥實習護士。那時吳大哥在病房遠端看見我，總是用浮誇而熱情的動作向我打招呼。那一年年底，吳大哥問我和同學們有沒有要去哪裡跨年，我們說應該沒有吧！他竟提議我們跟病友們一起待在病房內，他說在他的那間病室，恰恰可以看見臺北一〇一的璀璨煙火，不需付費、不需排隊、更不需到市府廣場和大夥兒人擠人，說畢，他大笑了三聲哈哈哈，我們也跟著大笑了起來。

然而在精神科病房，並非每個病友都像吳大哥一樣有病識感，能深切地知道自己目前的狀況，又能以自嘲自娛娛人。吳大哥在二十三歲那年因為一場工作上的意外受傷住院，女友因而和他分手，加上親人過世等重重壓力，使他澈底崩潰了。吳大哥瞬間失去了許多，包含工作、薪資、家人、女友，以及一段正要蓬勃發展的青壯年，因而罹患了精神疾病。

熟稔精神科病房的醫療工作者，必然知道這裡混雜著各種聲色腔調，有躁症患者的高亢熱情、有鬱症患者的低迷悲傷、更有雙極性情感疾患的的高潮迭起。按照病友們各式誇張花俏的裝扮，就能判定他們處於躁期抑或鬱期。

仍記得在實習的時候，我們曾經陪伴病友們在職能治療的課堂裡上過各種形形色色的課。諸如烹飪、體育、歌唱、勞作、書法等等。有日和病友們打起了籃球、羽球，贏了病友會激起他們好勝心下旺盛的怒火，刻意放水竟也被病友抓包，引起了病友們的不滿。自那日之後，我才驚覺精神科病友並非智能失常，他們更希望我們以一般的標準來對待他們。然而陰晴不定的精神病院，恍若一顆隨時都有可能爆炸的炸彈般，需要時時刻刻嚴密戒備。

精神病房實習結束，然而在精神病房內所經歷的一切，都令我低回難忘，病房裡病友們的一場場荒謬派對，其實都反映著他們的真實人生裡生理奧祕、靈魂的怯懦、倖存或苟活這些無法承受的悲慟挫折。我想，人生的顛簸起伏、高潮低潮也許多是病友們在他們的人生裡未曾意料過的。

黑羊

在精神病房，我目睹著許多病患頑強地想要結束自己的生命。

寧靜如常的午後，467病房傳來一陣咆哮，護理站所有工作人員都繃緊了神經，進入楊阿姨的病室。她竟然在眾目睽睽之下喝下整瓶洗髮精，在哭鬧中我們約束纖瘦的楊阿姨，並趕忙將她送到急診室洗胃。

其實楊阿姨平常是這間精神科病房裡脾氣最溫和的一個病人，她的言談舉止謙和有禮，剛認識她的時候，完全不覺得她會是個精神疾患。近日楊阿姨深受幻聽症狀的干擾，在保護室內喧鬧、脫光衣物，碎裂不清的咬字中，我們拼湊不出一個完整的句子，只好安撫楊阿姨，幫她盥洗、陪她入睡。

但楊阿姨的病況每況愈下，精神不振之餘竟連生活都無法自理。同事說其實楊阿姨有一個當醫生的哥哥，那日她的哥哥來病房看她，希望住院醫師用ECT（電痙攣治療，簡稱「電療」，其施行方法為將電流通過腦部，引發腦部放電以治療精神疾病）來治療楊阿姨，楊大哥那充滿威嚴和命令的語氣和楊阿姨一點也不相似，我們驚訝楊大哥對於自己妹妹的病症不聞不問，似乎一點都不想了解為何楊阿姨會想輕生。

後來才知道楊阿姨生於醫生世家，學業表現不及其他兄長的她在就讀大學時就發病了，發病後勉強完成大學學業，畢業後還在國立的中學教了幾年的書。而立之年再次發病的楊阿姨被學校辭退，家人將她送至日間留院，在那邊楊阿姨非常熱心助人，當醫療人員都覺得她可以回歸到社區生活的時候，楊阿姨又突然變嚴重了。在日間留院的幾年間，楊阿姨的家人不聞不問，任憑她在病房裡，畢竟這樣一個光鮮亮麗的醫師家族裡，不允許任何的汙點出現在家族成員中，而楊阿姨的病，竟然成了他們家庭的代罪羔羊。

楊阿姨有著令人稱羨的富裕家庭，卻亦同時有著令人感慨的遭遇，不知此刻在急診室經歷洗胃的楊阿姨是否安然無恙？

原載於105年3月18日《自由時報》

失控

猶記在青澀的學生時代，臺上資深的護理系教授曾問過在臺下的我們：「如何成為一位好護士？」只見臺下的同學們一片鴉雀無聲、面面相覷，實習過內外產兒科的我們，也算是實習經驗豐富，但在一時之間，竟不知如何回答這樣簡單的一個問題。只見美麗博學的教授，從容微笑地告訴我們：「同學啊！就是視病猶親啊！知易行難！」

醫療工作者無人不知「視病猶親」，偶爾在疲憊厭倦的時刻，和病人的問答間只剩下簡單的社交禮儀的時候，我腦海裡總會浮現教授所說的那句話，深知要時時刻刻都做到「視病猶親」實而不易。現今的醫病關係較以往緊張，除了民眾的知識水平提高，動不動就會讓醫療工作者訴訟纏身外，其中一個非常重要的原因就是醫病關係間缺乏了「同理心」。實習的時候，臨床的老師曾對我說：「不要責怪臨床學姐們對你們或對病人的態度不佳，畢竟她們每個處在高壓的醫療環境裡，忙碌常會使人忘了微笑。」聽完老師的話之後，我點點頭表示贊同，但我更加希望，忙碌的護理工作，不會犧牲了我的笑容。

而令我印象最深刻的是在精神科實習期間，遇到的一位楊阿姨，已屆不惑之年的她，總是對我們點頭微笑。每當我們走入她的病室，她總會對我們說：「辛苦了！感謝你們！」楊阿姨曾經是北市第一志願高中的生物名師，每次詢問她關於疼痛指數、疼痛部位等醫療例行上的問題，她都會非常精確地回答我們說：「我右季肋區在痛，疼痛指數大約有兩

分痛。」「我昨天解便兩次，顏色為黃褐色，軟硬適中。」從和她精準的對答言談裡，其實難想像楊阿姨是個精神疾患。

我們時常在楊阿姨充滿條理的清晰口齒裡，感受到她身為教師的自信與威嚴。在時而躁鬱不定、時而自閉寡言的精神科病友中，我總認為禮貌而世故的楊阿姨是最有病識感的一位，並且能夠早日康復出院。

某個平凡早晨，楊阿姨像發瘋般忽然在病房裡對著牆壁大聲吼叫著：「你們這些貪官不要草菅人命！把人命當白老鼠試驗⋯⋯。」鬆散不定的言談裡，聽不出任何的邏輯，只有楊阿姨的正義感充斥的語句中，我們拼湊不出一個完整的事件。這是我第一次看見楊阿姨和她的幻聽溝通時面目猙獰而憤怒的模樣，和平常的她判若兩人。

那日她在病房裡自傷便溺，楊阿姨滿手是自己的鮮血，身上更有著糞便的惡臭。然而照顧楊阿姨的護理師學姐，即便在約束她的同時，身上也沾了不少楊阿姨的血跡和糞便，但學姐卻沒露出任何嫌惡的表情，並且沒有任何抱怨和情緒字眼，將楊阿姨帶到廁浴間，細心地替她盥洗吹髮。在鏡子裡，我看見楊阿姨放鬆的神色，對著我們叫「媽媽、媽媽」，在醫學上住院病人的退化行為，如今真實目睹，卻是令人心酸惋惜。此刻的我們，又如何相信她從前在講臺上充滿教師威嚴的樣子呢？

我頓時覺得精神科護理師非常偉大，看似冷冰如霜的醫療，實而充滿著每個人不同的生命故事。在病房裡曾經遇到的某些令人動容的事，往往會讓醫療工作者一輩子都難以忘懷。我永遠記得那天，精神科的護理師為我上了人生重要的一課，而那亦是我第一次對「視病猶親」這個詞留下深刻而鮮明的印象。

父與子

於是，雨季跟著清明時節一起降臨在春季的病房裡，但同時降臨到青春男孩身上的不只有雨季，還有每況愈下的健康。

罹患骨肉瘤的男孩右腿截肢了，截肢後是一連串辛苦的復健過程。國中就發病的他沒來得及將國中讀完，住院的期間他在少了朋友和童年生涯的病房裡，卻依然勤奮不懈地考上某高中的會計夜校。頻繁出入院做化學治療的他，仍不忘念書求知，終於在他二十四歲的那年，考上了知名大學的會計系。那日我走進他的病房，看見他正在念著那一本厚重的會計學，相較於其他住院病人發著呆或看著電視的樣子，令人不禁讚嘆著男孩的勤學不倦。

男孩的求學路程走得比一般人更加辛苦，承受著病痛的折磨和不良於行的身軀，男孩數度想放棄求學，甚至有了輕生的念頭。幸運的是他有一位對他呵護備至的父親，支持著他的學業、陪伴他走過罹癌的辛苦過程。

某日我站在病房門口，聽見男孩與他父親的對話，男孩說他很對不起父親，其他的孩子在這個年紀早就已經出社會賺錢了，而他卻必須住院花費大筆醫療費用……。我聽見男孩的父親對他說：「孩子，我心甘情願……。」

不知是雨季的潮濕還是男孩的眼淚令人睜不開眼，在我模糊的眼眶裡，再也分不清男孩是健康或殘缺……。

原載於105年4月8日《自由時報》

如此兒女

猶記幾個月前剛入院時的曾阿姨，還能和隔壁房的病友談笑風生，住VIP病房的她有一位看護隨侍在側，卻不曾見過她的家屬來病房探訪，不免令人納悶，如此富裕的一位長者，怎麼會沒有朋友或家人來照料她呢？

在我們護理人員的細心照料下，曾阿姨的病況卻還是每況愈下，她的四肢開始失去了力量，也無法再行走，裝上尿管的她只能完全臥床。如今曾阿姨連食慾都失去了，只能藉由灌食來維持生命，所有有關生理的飲食、排泄都受限在這張床上。

第一次看見她的家屬是在曾阿姨失去意識的不久後，她的兒女在護理站為了是否簽署放棄急救同意書而大聲喧嘩，後來他們因為財產分配未果，堅持要醫師為她裝上呼吸器。

曾阿姨在意識仍清楚時，曾告訴我她先生很早就過世，她獨力撫養一雙兒女，兒女長大後在國外都有很好的發展，但當曾阿姨生病時，她的兒女竟都不聞不問，只好自己請看護來陪伴自己住院。

不久後曾阿姨的心跳逐漸薄弱、逐漸隱藏，短短的幾個月間，疾病竟將她推向了死神。為了讓受限於床的曾阿姨不要壓瘡，我們開始替她翻身、換尿布，而家屬竟露出嫌惡的表情，還要求我們動作快一點，如此情景，令人心酸，我想，這必定是身為慈母的曾阿姨未曾預料過的場景吧！

而後的某一天，我在病房外聽見家屬不停地向曾阿姨詢問她的印鑑放在何處，我想此刻無法言語的曾阿姨必定癡傻地看著他們，也癡傻地笑看她無奈的一生。

原載於105年4月15日《自由時報》

命運多舛

又逢一週之始，總會有藍色憂鬱的星期一，我再次踏上了社區實習之途。匆忙盥洗完畢，囫圇吞棗地吃過早餐，我便搭上卯時的捷運，到新北市的衛生所開始為期一週的社區實習生活。早晨的街道人煙總是稀少，在熙來攘往的人群間，只有身著制服的學生們及西裝筆挺的上班族和我一樣在捷運站出入穿梭，我彷彿能夠看見自己昔日仍是高中生的影子，然而那段曾經卻已遠去模糊。不長不短的捷運車程裡，連闔眼都成了一件奢侈的事。轉眼間我抵達了○○站，準備再次迎接一天的挑戰。

這天我們安排了許多家訪，在老師給的預計收案名單裡，我看見獨居又三高的個案，便決定去拜訪這位八十多歲的阿嬤。阿嬤住在市郊的一棟老舊公寓裡，我們拐了許多彎才從巷弄中看見它的身影。

仍然記得我第一次看見阿嬤的時候，她的臉上堆滿愁容，對我娓娓說起了她令人憐憫的一生。她說，她年輕時在工廠當女工，所轉取的錢都貼補家用，出嫁後夫家卻因她沒有嫁妝而對她處處刁難。婚後為了維持家計，兼了許多份差事，即便有了兒女之後，在這個家依然一點地位和自由也沒有。先生過世後，她的兒女紛紛成家立業，大家都搬到臺北市，只剩下她自己一人獨居在新北市的這棟老舊公寓。公寓潮濕，牆上斑駁了好大一片，卻依然不敵阿嬤的慘澹面容。

兒女未盡到奉養的義務，阿嬤因為年邁失智，也忽略了自己的各種疾病，有著三高加上糖尿病的她，最近眼耳也開始朦朧。家訪那天阿嬤告訴我，所幸她有不錯的鄰居，當阿嬤生病的時候，都是鄰居帶她去看病。記得有一次住院，她的鄰居還輪流到醫院裡照顧、陪伴她，相較於兒女的不聞不問，有這樣的鄰居令她萬分感動。

再次造訪這位阿嬤時，已邁入夏季的中旬，公園裡蟬聲和人聲同樣嘈雜熱鬧。入夏已有些許時日，但阿嬤的臉上卻未曾出現晴天，愁容和皺紋反而更多更深了，她告訴我們，某天她在整理家務時，發現先生留下來的土地權狀和她的存摺、金融卡竟然全都不翼而飛。阿嬤說她的子女很不孝，不奉養她也就作罷，竟然還覬覦她一個獨居老人家的財產。我們商討後覺得事有蹊蹺，決定協助阿嬤報警處理這件事。幾日之後，我們竟然發現了一個令人不寒而慄的真相：警方藉由附近的監視器，調查結果竟然發現是阿嬤的鄰居偷走了阿嬤的所有財務。原來，鄰居們會如此殷勤地照顧這位阿嬤，是因為想要她僅剩的財產。而這殘忍的一切，該如何相信？又令一個年邁的長者該如何去面對接受呢？

辛苦了一生的阿嬤，八十多歲了竟還要面對

這樣晴天霹靂的事實。我恆常想著，屆耄耋之年的我，面對這樣的一個殘酷真相，又該如何是好？

外籍看護

猶記在大學時曾到印尼的大學交換學生，不會說印尼文的我們，用生澀的英文和當地的學生交談，為難的是，印尼學伴帶有濃濃熱帶氣候捲舌腔的英文，實在令人費解。不想，如今身處在北市的醫學中心裡，我亦遇到了相似的難題。

病房裡的看護，大多來自東南亞的越南、泰國、印尼與菲律賓，她們多是臥床病人最前線的照顧者，亦是重要的病狀發言人，各種相異的膚色、鼻梁與輪廓，以及大相逕庭的身材比例，使得病房彷彿是一個聯合國般，充滿各國人種的風采。

在泌尿外科實習的時候，遇見愛咪。她告訴我她來自印尼，從她口齒不清的中文裡，我漸漸拼出了一個個關於患者的健康狀況。有時，我用英文和她交談，幾次之後，我還是決定放棄，她帶有濃烈捲舌音的英文腔調，竟比她碎裂的中文更令人費解。

愛咪總是推著失能的阿公，在病房的長廊穿梭，時時刻刻照料著他的生活起居。愛咪總在看見我的瞬間，就用她的熱情跟我打招呼。幾次下來，我觀察到愛咪其實很細心盡責，活潑外向的她，也很容易和其他的外籍看護攀談交友。

我猛然驚覺，充斥著外籍看護的病房，是多令人動容的一個畫面。在家人忙於工作，或根本不願照顧重症或失能的病友之時，一個個遠渡海洋而來的看護，卻比親屬更細心地幫我們看守著一個個失序病房，照料失能者、重症者的健康，不分晝夜或嚴寒酷暑，都守在病友們的床邊，為他們把屎把尿。

無從措手的生離死別裡，我看見了人性現實而殘酷的那一面。關於病危的病友是否要救，聽見有些家屬堅持要救的理由竟然只是因為家產分配未果；有些家屬問我們救要花多少錢、不救又是多少錢，聽見這番話，不禁令人心寒。

我想起大一在印尼的時候，一位學伴曾告訴我，她的母親曾到臺灣來，就是擔任看護的工作，後來雇主的家人過世，她母親悲慟地回到印尼，覺得這樣的工作太沉重，也沒再繼續找下一個雇主。

在人生悲歡離合、憤怨挫折的舞臺上，罹病者的殘酷與無奈唯有家屬和自己本身才能夠理解。然而，一位來自遠洋的看護，和我們有著不同膚色、迥異口音，依然能夠細心地照料著臺灣的病友們。反觀我們自己，是否覺得慚愧內疚？

高血壓伯伯

「伯伯，您現在有沒有哪裡不舒服？」電子血壓計上顯示著184／113，我一見到這個數字，自己先深呼吸了幾口氣，才開口問阿伯。「阿伯，您今天血壓很高，會不會頭痛還是頭暈？在家裡有沒有固定每天量血壓呢？」

伯伯告訴我們，他在家量的時候血壓也很高，差不多也是將近一百八十左右。帶他來看病的女兒說，自從她母親過世之後，阿伯自己一個人住在北市近郊的公寓裡，伯伯的兒子是醫療器材的銷售人員，因見多吃藥而洗腎的病患，因此不准伯伯吃西藥，只許吃中藥。幾十年下來，反而弄巧成拙，伯伯的高血壓不但沒有改善，連腎臟功能都開始衰退。某次因藥物中毒而入院的伯伯，差一點就要洗腎。看見伯伯的健康狀況每況愈下，因此身為女兒的她決定盡自己微薄的本分，搬來和父親同住，近日幫父親量了血壓，才發現他的血壓特別高，深知這個慢性疾病不容延宕，就帶父親來衛生所尋求診治。

我們請伯伯坐在椅子上稍做休息之後再量一次血壓，幾分鐘之後，當我再次幫伯伯綁上壓脈帶量血壓，血壓計上顯示出「220／119」的數字時，我睜大了眼睛，向主任醫師驚呼。伯伯告訴我們他的弟弟小他四歲，平常血壓也都差不多是一百八上下，就在幾天前，他弟弟因中風住院，顏面神經有些不正常之外，口齒也不再清晰了。「我好擔心我也會中風。」伯伯雖然從容平淡地說著，卻難掩臉上的擔憂與愁容。

「所以伯伯啊！我們從現在起要開始積極吃藥治療啊！請您不用太擔心喔！」走出診間，我對阿伯說了些鼓勵的話，「醫師選用長者比較適合的降血壓藥，一開始不能降太快，血壓要慢慢地降，不然您會覺得不舒服喔！」我耐心地向阿伯解說著哪顆藥什麼時候吃，並且要養成良好的飲食和運動習慣等衛教內容，說完後，伯伯和他的女兒點了頭向我們道謝，步出衛生所之際，他們再三保證她一定會勸父親按時規律服藥。

隔週恰逢新年前夕，阿伯寄來了一張賀卡，向衛生所的全體同人道謝。頓時我覺得好感動，心中充滿了莫名的溫暖和感動。原本對於護理之路、臺灣的醫療環境感到些許失落厭倦的我，忽而覺得這樣微不足道的舉動，竟換得病者的銘記和感謝，從那刻，我方知醫療工作，原來是這樣有意義、值得用一生去追尋的志業。

臥床時光

「吳奶奶，早安，我是今天白班照顧您的實習生，我來看您囉！」臥床的吳奶奶已經失能，不能活動、生活無法自理，連言語都無法清楚表達的她，被禁錮在這張窄仄的病床上，晝與夜對她而言，瞬間失去了意義。

入院前的吳奶奶，獨居在北市的豪華公寓裡，根據吳奶奶友人的描述，公寓有二十四小時的保全，進電梯和鎖門有有嚴格的辨識系統，在大樓內，更有警消人員和醫護人員，但在前不久的一個早晨裡，吳奶奶比平常早到公園運動的時候，忽然暈厥昏倒，一起運動的朋友打電話將吳奶奶送醫急救時，為時已晚。急救後奶奶雖撿回了寶貴的一命，但這一摔卻使吳奶奶下肢全癱，無法正常排泄的她裝上尿袋、插上氣切管，生活開始受到醫療儀器的支配和掌控。

住院的時候，我總是疑惑著為何沒見過吳奶奶的子女家人來探訪過她，一翻開她的病歷資料簿，我猛然發現吳奶奶學歷不低，她是留外的博士生，沒有結婚生子的她，一生都在為國家服務，自己的生活簡單樸素，卻會固定捐款給社福機構。我忽而感傷了起來，如此良善博學的一位老太太，為何會發生這樣悲劇的事情在她的身上呢？

猶記那時的我才大學二年級，每日早晨都是帶著戰戰兢兢的心情來到病房。為奶奶晨間護理時，我都要先收拾好自己那些滿溢不止的情緒，才能夠幫她抽痰、更換新的管路和尿袋，為她測量生命徵象，以維持和延續她殘喘而脆弱的年邁生命。我總會刻意地提高自己的音量，並且用充滿活力和能量的聲音，對她說著：「奶奶，加油！我們再撐一下、我們再努力一下下就好了！」我總是希望，吳奶奶能夠在出院前露出燦爛的笑容。

某天我踏入病房，她卻拒絕我幫她抽痰、清潔管路，彷彿失去求生意志的她，希望我們醫療團隊別再管她的事，由她自生自滅。身為醫療工作者，我們也只能盡力用醫療來幫助她度過這段生命的低潮。那天吳奶奶的友人也來探訪她，她們告訴我，吳奶奶孤單了一生，沒有結婚、沒有兒女的她，曾經有過一段不短的憂鬱症病史，希望我們工作人員能夠多關心她一點。

我想，孑然一生的吳奶奶，在臥床的此時此刻，唯有心電圖上鮮明的心跳和她不離不棄、緊緊相依。而我也忽然發現，身為護理師的我，除了抽痰這些醫療上例行的繁瑣，我能夠做的，竟然如此飄渺而微不足道。

小欣與她的父親

小欣是病房裡的大孩子，理著平頭，總是戴著一副又大又圓的眼鏡，穿著一件長裙穿梭在病房長廊，每逢見到了我們，總會熱情地說：「護士阿姨好！護士阿姨辛苦了！」不協調的動作之下，我們還是能夠感受到小欣熱切的眼神裡，對我們透露的善意。

第一次見到小欣的時候，我想著怎麼會有這樣奇怪的病人呢？我心裡有百般的不解，獨自臆測著小欣的性別，平頭和長裙的組合實在令我匪夷所思，後來才知道原來小欣不會洗頭，因此家人刻意幫她理了一個易於整理的髮型，好讓她不用為了洗頭而讓護理人員擔憂。她是全病房中家屬最常來探望的一個病友，我總是見到她的父親提著一大袋食物走進病房，還將那些特產分享給其他的病人，可見小欣的父親是一個慷慨大方又善解人意的人。

小欣的父親說，小欣的媽媽在生完小欣之後罹患了思覺失調症，他一直覺得精神科病房不能給她最好的照顧，因此，由他自行照顧小欣的母親。然而在一次的意外中，小欣的母親因為幻視幻聽的症狀干擾，自行衝出家門而發生了車禍，讓他萬分自責。想不到小欣上高中的那一年，竟也被診斷出罹患思覺失調症，於是他決定無論如何，都要讓小欣留在醫院裡。

從此，失學的小欣在病房裡流浪多年，什麼事也不會做。但她的父親無怨無悔，只要在工作空閒的時候就會到病房來看看小欣，幫她處理一些日常的繁瑣。時常可以見到小欣的父親陪著她閱讀或看電視的景像，狀況好的時

候，小欣能夠轉至復健病房。小欣的父親說：「我願意一輩子這樣照顧著她，但有一天我老了怎麼辦？」哽咽的言語中，我聽見了一位慈父最真情的呼喊。

我覺得小欣的父親是一個非常大愛的人，在精神科病房裡，時常聽見家屬抱怨在這個年紀的人應該是可以工作、結婚、生子，而罹患了精神疾病的病友們不事生產，徒然拖累了家中的經濟，令許多家屬無法諒解。

常言道「久病無親」，非常深刻而實際地道出了人性的現實殘酷。身為醫療人員，在病房裡，我們看盡了一場場生離死別，我們像當局者，處理著關於醫療的種種行為，亦似個旁觀者，旁觀著一個個病友的迴異人生。

原載於105年3月26日《自由時報》

歷史沒有說的事

那日胸腔內科病房來了一位老伯伯，七十多歲的他踩著蹣跚的步履緩緩地走進病房。我們在詢問伯伯病史時，得知他十六歲從軍，也從那個時候就開始抽菸了。國民政府撤退來臺後，伯伯也差不多退休，退休後的他一直住在榮家，數十年如一日。幾十年來，與在大陸的親屬完全失聯了。

伯伯入院後因為氣胸裝了胸瓶，這只胸瓶使伯伯行動更加不便。為了照張X光片必須坐輪椅，以讓胸瓶一起跟著下樓。幾日後社工師決定尋求社會資源幫助這位伯伯照料他的住院生活，我們成功地找了一位臺灣的看護來照顧他。那段日子，榮家亦有一些看護和老友來醫院探望伯伯，伯伯要離開醫院的那日，他用他佝僂的身軀賣力地彎腰向我們道謝。

伯伯離院後，我忽而感慨，歷史所記載的那些龐然的歷史事件，都只是歌頌著在上位者的豐功偉業，更多的人是像這位伯伯一樣，退休後只能過著獨居而簡約的生活。其實伯伯能夠申請到看護算是幸運的狀況了，在看似充滿著光明的白色巨塔裡，我們時有耳聞重傷病友的配偶因不堪沉重的經濟負荷或者需要照料臥病的另一半而走上離婚之途。接踵而至的，是一場場爭奪兒女監護權和財產的官司。因為一場病，不僅失去健康，也失去謀生能力的病友，原本小康的家庭也跟著支離破碎了。

日日我跋涉在一個個蒼白的病房間，看著這些恍若連續劇才會出現的場景一幕幕出現在眼前，我時常感慨著，身為醫療人員，我們所能提供病人的幫助竟是如此地微薄。

原載於105年3月12日《自由時報》

她14歲，渴望還有明天

蘇小妹是我在兒癌病房實習時遇到的一個妹妹，帶著氧氣罩的她，用她瘦弱的身軀與死神奮力搏鬥。

她曾告訴蘇媽她有很多夢想，她想看海、想去環島、想去日本的迪士尼樂園，那時我心裡想著，在我十多歲的時候，也是有著這些相似的夢想，如何要一個年輕的女孩不做夢呢？但對於蘇小妹來說，這些夢想卻遙不可及，因為她連是否能活到明天都是件未知的事。

生命的殘酷無常，總將我們推到未知的地方，使我們無從措手。好幾次，我聽見她的母親總是哄著她說，「等妳的病好一點，等妳不用氧氣罩的時候，媽媽就帶妳去環島旅行、坐飛機去日本……。」但是我們心裡都深知這一天永遠不會來到，因為蘇小妹的病不可能有將氧氣罩摘下的一天。一個十多歲的女孩，卻要被禁錮在窄仄的病房裡，不能擁有和其他同齡小孩一樣的快樂童年是一件多麼殘忍的事。蘇小妹每天面對著各式檢查，身上吊了多條點滴，如此年輕的生命，卻必須面對這麼多繁複而驚心的醫療和手術，對蘇媽而言，必定也是巨大的煎熬吧。

走出病房，我與蘇媽討論著她的病況，她點了點頭說她早就知道了，幾年前醫生宣判她女兒得了ＡＬＬ（急性淋巴母細胞白血病）的時候，就說過她活不過十四歲，如今蘇小妹十四歲了，她樂觀地對我說：「我女兒能夠多活一天都是賺到。」

其實蘇媽的命運很坎坷，她結婚後不久先生因為一場車禍去世，她成了單親媽媽獨自撫養這個小孩，卻在蘇小妹十多歲的那年，被診斷出得了白血病，龐大的醫療費用和心靈的壓力，幾乎要將蘇媽壓垮，「幾年前，我曾經想帶著孩子一起走，後來我想到我過世的先生，他一定不會希望我這麼做，不管有多辛苦，我只希望剩下的日子，她能夠快樂度過就好。」站在蘇媽身旁，我看著她哀痛落淚，說什麼也不是，不說也不是，只能靜靜地陪著蘇媽。那年我還只是個實習生，我目睹著蘇小妹罹病的過程，許多時候她在病房裡哀號流淚，我曾經問她：「如果零分是不痛，十分是最痛，那妳現在是幾分痛？」蘇小妹流著淚告訴我那是無法忍受的痛，但身為醫療人員，我卻不知道、也無法想像蘇小妹有多痛。

離開兒癌病房後，我不知道蘇小妹的生命還剩下多久，但面對死亡，我看見蘇小妹堅忍頑強的態度和蘇媽在傷痛之餘的那一份從容，也彷彿在撫慰著當年的那個年輕而懵懂的我。

原載於105年4月2日《自由時報》

我日夜游牧

那日上大夜班，我走進550的病房，看見王婆婆睜開雙眼沒有睡意的模樣，就忍不住問她已經很晚了為什麼不睡，只見她緩緩地告訴我：「我害怕我一睡著就醒不來了。」語畢，她長嘆了一口氣。

因乳癌入院的王婆婆在五年前被診斷出罹病的消息之後，卻因家中經濟拮据而隱瞞病情，拖延了治療的最佳良機，而不久後竟有了肝肺轉移，家鄉醫院的醫師都束手無策，於是他們才決定北上求醫。王婆婆早已知道這次入院也許就沒有出院的可能了，但深愛她的先生一直到近日才知道王婆婆的病況已經是病入膏肓，卻依然沒有放棄任何治療的機會，不斷懷抱著他的妻子有康復可能的希望。

而後的幾日，王婆婆的腹水讓她的腹部變得充盈腫脹，呼吸也變喘了。醫師遂安排了腹水引流，我在旁陪著王婆婆，目睹著這一切驚心動魄的術程，上完麻藥後，醫師將針插入王婆婆的腹部，她開始哀嚎流淚。黃而清澈的腹水自王婆婆的腹部流出，而這一切，都只化為一行行平淡而不帶任何情感的護理記錄，而不見王婆婆害怕的心情。

王婆婆住院的日子，她先生每一兩個小時就幫王婆婆翻身一次，相較於多由看護照顧的其他病人，王先生和婆婆的鶼鰈情深令人稱羨不已。但上蒼並沒有給這對愛人更多機會相聚，兩週後醫師巡房，帶來了王婆婆可能要轉送安寧病房的消息，王先生的眼淚在醫師說完的那一刻奪眶而出，他說這段日子他一直都有在想這件事，只是怎麼都沒想到這一天竟然會這麼快就來到……。

身為護理師，我日夜游牧在病房間，看著生命裡一場場無法逃避的生離死別。我時常在想，如果是上蒼創造人類，那必定也是上蒼創造疾病，在人類生病的時候摧殘著這副不堪一擊的血肉之軀，讓病者、讓家屬、讓身為醫療人員的我們不及措手……。

原載於105年4月15日《臺灣時報》

伯伯教我的事

漫長的護理生涯裡，總有許多令人受挫的事，對於一個實習護士而言，最大的噩夢之一就是打針。

打針是非常需要經驗累積的一項技術，每個人的血管特性都不太相似，尤其老人和小孩的血管特別難找，也特別難打。實習的時候，病房會因為病人安全的考量，通常都不會讓實習護士執行侵入性的治療，打針就是其中一項。但我永遠記得在榮總醫院實習的時候，遇到一位軍人伯伯，他給我了人生最難忘的打針經驗。猶記那時的我還不到二十歲，在護理學院練習打針的時候，都只打過假手臂，我未曾在真人身上打過任何一針。軍人伯伯告訴資深的護理師，希望能夠讓我練習打針。他先說服了資深的護理人員，接著就說服我，反而是我比軍人伯伯膽怯。

那時我誠實地告訴軍人伯伯我沒打過針，我怕打不上。

「傻孩子，妳連試都沒試，怎麼知道妳打不上呢？」

「但是打的是您的血管啊！痛的是您！」

「我十六歲就從軍了，作戰的時候我連子彈都不怕了，怎麼可能會怕這一針，我都說了我要給妳練習打妳就打！」我永遠記得那位軍人伯伯是這樣鼓勵我的。

後來我順利地一針就打上這位軍人伯伯的血管，我從未想過我人生第一次打針竟是病人鼓勵我打的。「看吧，我就說妳要試，不試怎麼會知道妳打不上？從事護理工作不能因為膽怯而裹足不前，要膽大而心細。」他如此告訴我。

經過醫院各科的種種實習之後，我漸漸了解到當個護理師並不是那麼簡單的事，需要對服務人群有興趣，以及擅長人際溝通，在求學的過程中也相當辛苦。但疾病加諸在病人身上的痛苦是無法言喻的，來自護理師的關懷與勉勵，能讓病人產生無比的信念，勇敢地向疾病宣戰，在病人痊癒時，看到病人及家屬喜形於色，那種喜悅，令我十分嚮往。但我想護理生涯裡，除了學校，每位病人對我而言，都是非常重要的師者，教導著許多學校教育不曾教我的事。

原載於105年4月29日《自由時報》

病癒的笑容

一日之始，我再度穿上護士服走進一間間病房中。拉上圍簾，盛夏亭午的熱度射進了透明的玻璃窗，讓充滿憂鬱的冰冷病房漸漸溫暖了起來。本應該充滿陽光、歡笑和汗水的七月，兒科病房的大半天光卻總被其他院區的醫療大樓遮蔽著，我忽而發現照進的陽光不如想像的那般耀眼奪目，轉身我看見同學們身上和我相同的白色護士服，在夏日豔陽下反射出一種輕柔的光輝，我恍若看見了幾年前我們在護士節加冠典禮上，師長們傳遞給我們的那盞蠟燭，那樣光明而堅定的燭火，代表我們踏入護理之路的理想和堅持。

在兒科病房裡，我們親眼目睹了許多先天基因缺陷的嬰兒。我們總在護理學課本中看見這些罕見疾病是幾千萬分之一的機率，但在這個病房裡聚集了全臺灣所有的罕見疾病兒童，再罕見的疾病也變得不罕見了。我們送一個個小生命進入開刀房，許多身軀不到一公尺的嬰兒，手術後的傷口就有三四十公分，幾乎占了身體的一大半。我們必須幫手術後的嬰兒拍痰，身為醫療工作者的我們深知，拍痰若不夠用力是無法呈現出效果的，但對於襁褓中的嬰兒來說，我常心疼著拍得太大力這些小生命會不會無法承受呢？

在病房裡這些活不到一年的脆弱生命，就必須接受這些驚心動魄的手術和治療，對於父母而言，又會是何等巨大的煎熬？於是身處在白色巨塔裡，我忽而發現，躺在病床上的病人，

是不分男女老少、貧富貴賤的，疾病和時間對我們如此公平殘酷，想帶走任何一個人的時候都不會手下留情。

四年多過去了，我好不容易即將完成護理的學業，許多時候，我也幾乎想放棄。遊走在不正常的生理時鐘，我們克服的不只是瞌睡蟲，還要克服許多的困難和恐懼。踏入病房之前，許多學姊曾告訴過我們，護理並不是一個輕鬆的工作，如果只是為了糊口飯吃，必定堅持不了多久，一定要從護理工作中找到自己的熱忱。如今回首昨日實習所經歷的種種，只要從病人身上看見病癒的笑容，就是我們堅持這條道路的信念。

原載於105年5月5日《臺灣時報》

拒絕冷漠

身為護理人員，在癌症病房，常會面臨必須送病人走向最後一段路的時刻。許多時候，我們面臨急救的心情，往往比家屬更複雜、更徬徨，不是因為我們沒有自信，而是因著每個家庭、每個人的個別性，常常考驗著醫療人員的耐心與智慧。

那日深夜，551病人哀號喊痛，在他支離破碎的語句中，我們只能藉由他扭曲的表情和眼角的眼淚來評估他的疼痛指數。值班醫師開了臨時醫囑，為他打上止痛藥之後，醫師轉身告訴551病人的家屬，這次住院也許就沒辦法再走出病房，他的最後一段路必須在病房度過。面面相覷之際，我們仍必須詢問家屬，如果面臨這樣的狀況，是否要急救。想不到他的太太竟冷冷地回答我們說：「那急救的花費比較多？還是不急救花費比較多？」聽到這番言語，我們尷尬地楞了半晌，霎時間值班醫師不知如何回答這個關於花費而非病況的問題。

初春三月自551病人入院以來，一直臥床的伯伯其實是個客氣有禮的長者。剛住院的時候，他還能夠對我們道謝點頭，熱情地贈送我們來自他家鄉的葡萄。但幾週以來，伯伯的病況急遽轉壞，近日我們已觀察到他連張口都有困難，也無法再進食或說話了。為了維持生命，我們幫他裝上了導尿管和氧氣罩，只靠著每天一千毫升的營養針來補充他的熱量。每兩個小時我們幫他翻身一次，為他擦澡、刷牙，他的太太和兒女卻未曾聞問，站在一旁冷眼旁觀著這一切，事不關己的模樣令身為醫療人員的我們心寒不已。我恆常在想：活著當真好嗎？如果有一天，我的吃喝拉撒、所有關於維持生命的事都受限於一張窄仄的床，必須麻煩我的家人或護理師為我把屎把尿，也許我也會覺得自卑或無奈吧！但若是看見家人這般冷漠地對待我，那又會是什麼樣心寒的感受呢？

某日晨間我在551病房門口，看見他的太太搖晃著他，問他說：「你的保險箱密碼是多少？你沒告訴我之前拜託你不要走……。」不知道551伯伯此刻心裡的感受是什麼？他是否有聽見太太的這番話？

原載於105年5月18日《臺灣時報》

久病床前

在白色巨塔游牧了許久，我愕然發現，病房的一切都可以計算丈量，不單單只有住院費用能鉅細靡遺地精算，包含病人的進食量與排尿量，所有關於醫療的一切，都必須計算，甚至包含親情。

某日住在VIP病房的伯伯對著我們大吼，說我們服務不周，嚷著要向護理長投訴我們。兵荒馬亂的晨間，忙著給藥做治療之餘，我們還要安撫著病患們像未爆彈一般的情緒，常使我們陷入維持醫院名譽和堅持立場的兩難中。不久後，自覺無理的伯伯竟主動向我們道歉，他說自從他的太太去逝之後，他的兒女們並沒有代替母親照顧他，反而是開始打起他財產的主意。兒女們對他漠不關心，伯伯只好自己掛號住院，在病房的一切都是自己打理，伯伯說他的兒女竟然要伯伯給他們零用錢才要帶伯伯去看醫生，如此情景，想來都令人難堪，更何況是對自己的父親親口說出呢？

伯伯感慨地說，年輕時他拼命賺錢，沒有花時間去經營他和兒女的親情，只知道要給兒女最高的物質享受，讓他的兒女穿名牌、讀最好的私立雙語學校，如今他老了，他感慨自己雖然富裕，不過心靈卻是十分貧乏。他十分羨慕願意親自照料親人的那些晚輩們，難過之餘，把這些情緒多發洩在醫護人員身上，伯伯說希望我們見諒。而後的日子裡，我們依舊幫著伯伯翻身、倒尿，他彷彿變了一個人，總是客氣地向我們道謝，某日值大夜班，他見了我竟動容流淚，感慨地說：「連陌生人對我都比我的兒女要好，我這麼歹命啊！」

在病房，我深刻地感受到久病床前無孝子，但如果連親情都必須付費才能換得，那又會是何等悲哀又無奈的感受呢？

原載於105年5月27日《自由時報》

寬容與豁達

我們常過於在乎得失，而遺忘了努力的過程其實也是有所收穫。也許，我們恆常能夠鼓勵自己或親友，要以樂觀的態度從容面對人生眾多的得失。然而身著白衣在病房工作之後，我猛然驚覺，若得失不只是一件物品，亦不是工作或升遷的機會，而是一段寶貴的生命，我們是否還能夠豁達地看待？

幾週前，一位懷孕近四十週的年輕少婦，因為陰道出血來到醫院產檢，告訴醫師下腹部不舒服。醫師診斷胎兒心音正常、子宮頸沒開，要少婦暫先返家休息。那日來醫院再次檢查，醫師竟發現胎兒已無心跳，當時必須面對這場青天霹靂的少婦，還必須忍受一次生產的痛苦，引產後醫師發現胎兒死亡的原因是臍帶繞頸。

在醫學上胎兒臍帶繞頸發生率高達四分之一，大都不會對胎兒產生生命的危害，臍繞頸也不是常規產檢項目，我看見主治醫師那張失落憔悴的臉龐，因對於未及早檢查出胎兒臍帶繞頸而感到相當自責。那天整個病房愁雲慘霧，對於如此令人遺憾的事件，所有的醫療人員都陷入了無止盡的悲傷中。

想不到這位年輕的少婦竟比我們這些醫療人員都要豁達，得知胎兒死因之後，她冷靜地告訴我們，她知道她的小寶貝已經到天上去做天使，她也知道我們已經盡了全力，希望我們不要過度自責，「人

生本來就有得有失，我已經擁有了小寶貝十個月了，我想，這是上帝要我學習的一課吧！要我讓他離去，要我對你們寬容。」少婦語畢，主治醫師比她更早流淚。

這一回，竟是我們潸然淚下，身為醫療人員，我們想努力挽救每一個珍貴的生命，但生命何等脆弱，終究有事與願違之際，在病友和自身的恐懼徬徨中，我們的心靈也日漸成長茁壯。

原載於105年6月4日《自由時報》

夫妻

603病房的薛女士昨晚徹夜未眠，紅腫的雙眼在她那蒼白的臉上變得更加明顯突兀。今早我走入她的病房，她淚眼汪汪地問我，整夜未見她丈夫的蹤影，他究竟去哪兒了？是否又去外面尋花問柳？

薛女士告訴我，自從她罹患乳癌之後，她的丈夫看見她因化療而掉髮，變得虛弱衰老又醜陋的模樣，得知她的病沒有好轉的可能之後，就開始對她不聞不問了。他開始到外面找舊情人，時常徹夜未歸，把孩子丟給孱弱又罹病的她獨自照顧。丈夫未曾體諒過她罹病的辛苦，還怪罪她龐大的醫療費用拖垮了家中的經濟，要求跟她離婚均分財產。事實上薛女士的娘家是相對富裕，分配財產也是對薛女士比較不利，這段日子以來，她飽受病痛的折磨，還必須面對丈夫的無情對待，許多時候，獨自在病房的她想就此結束生命。但當她一想到還在強褓中的無辜孩子，又不忍就這樣離開人世。

常言道：久病床前無孝子。然而久病臥床，不僅兒女會疏於照顧，連最親愛的另一半也未必能夠體諒。當夫妻間少了關愛和包容，又會是何等悲傷無奈呢？每個人都難逃生離死別，身為護理師，我們站在生老病死的最前線，我看見了每個人的迴異人生裡，有著相似悵惘的一面。

原載於105年6月10日《自由時報》

最後的折磨

當我站在邱阿姨身旁，我才感受到她的呼吸和脈搏是如此微弱。

有別於其他臥床的病人都是由看護照顧，邱阿姨的姐姐和妹妹輪流守候在她的身旁為她把屎把尿的情景，令大家稱羨感動。沒有結婚的邱阿姨對護理人員一直都很有禮貌，當我們幫她翻身、換尿布、擦澡的時候，她總是用她微弱的聲音向我們道謝。

入院幾週以來，邱阿姨的病況一直沒有好轉，唯有止痛藥的劑量一直往上調。有天我們在幫邱阿姨擦澡、換尿布之際，竟發現邱阿姨解出黑便，身為醫療人員的我們深知解黑便代表腸胃道出血，這表示邱阿姨的病況並不樂觀。那天邱阿姨痛到哀嚎，我們卻束手無策，值班醫師評估過之後，我們在病房長廊間，值班醫師告訴邱阿姨的家屬，說她這次住院，可能不會有出院的時候了。

那時正值黃昏，我們從病房內唯一的窗子看見窗外橘紅色的落日緩緩沉入天際，彷彿預告著邱阿姨的生命也在逐漸銷匿。只有五十多歲的邱阿姨，幾年來因為乳癌的折磨，竟瘦得只剩下三十多公斤。癌症病人的味覺不靈敏，為了增加食慾，邱阿姨請她的姐姐幫她買了色香味俱全的食物，但當她一吃，卻發現依然食不知味，邱姐姐還笑笑地說：「既然妳一樣吃不出味道，那乾脆就吃清淡一點好了。」我忽而感慨萬千，我們總是讚嘆上帝創造生命的神奇偉大，但要摧毀一段生命時，竟亦是想盡辦法用各種疾病來破壞我們這具脆弱的軀體，連飲食的能力都被剝奪。

幾天後原本意識清楚的邱阿姨竟然連她的親屬都認不得了，一日邱姐姐來探望她的時候，問她說：「妳看，誰來看妳了？」臥床的邱阿姨對著我們傻笑，迷茫的眼神中，我們不知道她是否聽見了我們說的話。

我陪在邱阿姨和她的家屬身旁，靜靜地握著邱阿姨的手，邱姐姐緩緩地將放棄急救同意書遞給了我，我終於忍不住留下了眼淚。

原載於105年6月15日《臺灣時報》

阿財伯的故事

阿財伯已屆知命之年，兩年前診斷出罹患大腸癌，在家人的鼓勵之下積極地接受化學治療，病情卻還是每況愈下，癌細胞擴散至骨細胞和肺部。幾個月前，因癌細胞蔓延至脊椎骨導致伯伯下半身癱瘓，再也無法行走。

那日，我走進病房，看見阿財伯想要坐起來吃藥，用右手勉強支撐起身體，似乎想坐起來，才撐起一點呈現半坐臥的坐姿，阿財伯就發出痛苦的哀嚎，又再次躺了回去。他眉頭深鎖，邊呻吟邊按著右肩，我遂扶了他坐起來，他表情愁苦地對我說：「年輕人啊，有句話說『好死不如賴活』，我覺得說這句話的人一定是沒得過癌症吧。我現在是求生不得、求死不能啊！化療這樣辛苦，但我卻不敢跟我兒子說我不想化療了，我怕他們失望啊！但我現在卻又走不動了，活著只是拖累了他們……。」

自阿財伯住院以來，他都趁著家人不在的時候想要輕生，所幸每一次都讓護理師及時阻止。「愛我，就該放手讓我走呀！」阿財伯邊哭邊說，看見伯伯的家人那一張張哭喪的臉孔，我也跟著潸然淚下。

在醫院工作之後，我更加體認了生命無常，而疾病又是何其殘酷。這一切讓我更加珍惜活著的每一刻，因為我們無法得知上帝何時想帶走我們。

原載於105年7月1日《自由時報》

人生到頭有禍福

那日收到疑似肺癌的健檢報告後，劉奶奶便開始抑鬱寡歡，嗟嘆著人生無常、自己命苦，預期自己必須接受化療掉髮的她，去理髮店理光了她不久前才剛燙好的捲髮，準備面對這些龐然的治療和漫長的住院生涯。

原本吵吵鬧鬧的一家子，因為奶奶罹病而開始有了微妙的變化。奶奶的兒子決定辭去工作，在家門口擺個麵攤賣小吃，準備專心照顧年邁罹病的母親；媳婦對她也變得客氣許多，她也希望婆婆人生剩下的日子裡，她們之間的恩怨都能化解；而因工作忙碌不常回家的孫子也開始比較關心家中的大小事了，每個禮拜都回家，還會幫劉奶奶買各式補品。

等待報告的這兩週是劉家最煎熬的日子，原本決定要買房的孫子決定把這筆錢拿來當奶奶的醫療費用，每每說起奶奶，孫子總會潸然淚下，這時兒子安慰著孫子說：「奶奶活了八十幾年也夠了，雖然我們恐懼死亡，但是它來了，我們還是要面對啊！就算奶奶不死於肺癌，還是會有其他疾病，我們要豁達地看待這些生命必須經歷的事！」

面對報告結果的日子終究必須來臨，那日，劉奶奶獨自騎車到醫院，不想讓家人擔心。而醫師竟告訴劉奶奶她既非肺癌也非肺結核，只是肺炎。而後她的家人匆匆趕到醫院，得知結果後，我們看著劉奶奶的光頭哭笑不得。劉奶奶因著這場莫須有的病換得了珍貴的親情，也算是因禍得福了吧！

原載於105年7月11日《臺灣時報》

無奈與無常

一場無預警的跌撞，讓伯伯從此陷入昏天黑地的臥病生涯。入院前的伯伯身強體壯，每天都過著早睡早起、規律運動的生活。某日伯伯下樓梯的時候一恍神，就從樓梯間跌了下來，這一摔，不僅把他的骨頭摔斷了，連健康也跟著陪葬。

自此伯伯開始積極復健，期許能夠早日脫離坐輪椅的日子，然而就在好轉後沒多久，上天又再次跟伯伯開了一場玩笑，在醫師告訴伯伯可以出院之後，伯伯因一場感冒又再次住進醫院，這次住院檢查，才發現伯伯罹患了肺癌。

在醫院工作，更能深刻體會「人生無常」，我們不能知道自己能活多久，因此更要珍惜健康的每一個時刻。而罹癌，恍若是對一個病患宣判死刑般殘酷，而後看見伯伯日漸憔悴消瘦，鎮日唉聲嘆氣說自己命苦。一場場的化學治療讓伯伯開始掉髮、嘔吐，伯伯開始急速老化，五六十歲的他看起來像是七八十歲般蒼老。

某日我走在病房長廊間，伯伯的兒子和媳婦告訴我，伯伯的這場病簡直拖垮了全家，原本小康的家庭，因為伯伯的化療藥物而開始變得拮据，然而伯伯的病況不見好轉，全家的心情亦跟著伯伯的病況變得低落。

化療告一段落之後，伯伯準備出院回家休養，出院前伯伯告訴我：「我好想一走了之，苟活也不過是拖累兒女媳婦，我這條老命不值得用這麼多錢來換呀！」我緘默不語，看著伯伯離去的背影，我在心中默默為他祈禱著。

原載於105年7月15日《自由時報》

輯二

愛在病房蔓延

★醫學系的戀愛模式

圖書館閉館音樂響起，和男孩一起走回宿舍的途中，我總會說：「我餓了！」男孩知道我想吃宵夜，於是附和我說：「妳這句話刺激了我的交感神經分泌胃酸，我也跟著餓了，走吧！買宵夜去！」我聽見後眉頭一皺，還是大一的我心想交感神經又是什麼？但卻欣然接受男孩的提議，或許，上大學後我就是這樣開始發福的。

男孩是大我三屆的醫學生，戴著一副近千度的眼鏡，總是穿著同一件不整齊的襯衫，抱著一本厚重的病理學穿梭在校園中。剛開始認識他的時候，男孩在我眼中簡直是個念書念瘋了的死宅男。評論哪個正妹硬要拿出統計學的常態分布來比喻；形容人際關係也要用等差和等比級數來形容；連我們提個行李也要把畢氏定理搬出來。在捷運上時，他時常和我分析牛頓運動定律；美食當前也要和我聊食物成分在體內的代謝和循環，是要把我搞到沒有食慾嗎？

相處一陣子之後，我對他也開始不遑多讓了，當他又開始跟我說起專業醫學術語的同時，我也開始講起古人、作家和文言文。記得一次他又開始說空氣中的負離子會讓人心情變好的時候，我就冷冷地對他說：「我只感受到這裡的風吹得令人直打哆嗦！」男孩聽見後，馬上脫下他的外套披在我身上，對我說：「穿上吧！莫受寒！」當下我深刻地感受到，原來男孩說的每句話，並不是在賣弄他的博學，而是關心我、逗我開心的話。

有次我忽然說：「我既不是紅玫瑰，也不是白玫瑰，只是一朵奇怪的黑玫瑰，有哪個男生會喜歡這樣一個不修邊幅的我？」

「怎麼會，就憑這句話，我就已經愛上妳了！」男孩堅定地說。

我忽然很感謝張愛玲寫出了〈紅玫瑰與白玫瑰〉，雖然其貌不揚的我都不是，但就因為這句話，他終於對我表白了，這也是他說過最浪漫的一句話了吧！

我們互相覺得彼此是個奇怪的人，對彼此有偏見、批判卻同時又存在著好奇，但卻不影響我們的相處，文學和醫學其實並不衝突的。直到現在，我才知道，他的出現注定是我生命中一道靚麗的風景。

原載於104年4月9日《聯合報》

★赴約見你的路上

已近深冬。

我在火車站等待著能夠與你相見的那班車。甫結束繁瑣的課業和醫院實習，終於有理由可以見見你。從臺北，到臺中，我該如何和自己獨處在這兩個半小時的光景裡？久別不見，我在腦海中不斷地想像著你的容貌，應該像我的記憶一樣，不曾老去。但我又該以何種姿態、何種裝扮或何種心情出現在你的眼前呢？在鏡中，我端倪著自己蒼白憔悴的容顏、龜裂的雙脣，我知道，此刻的我和Facebook的大頭貼照一點也不相似。我滑著手機與你聊天的紀錄，那些令人莞爾的對話，一如幽默有趣的你，總讓我不斷地想起。

車，來了，風，於是吹起。旅途漫長，我在靠窗的座位，想你的心早已吞噬了我的思緒，即使風景再美，我只願一瞥。一路看著窗外回到中部，漸漸投入與臺北迴異的風色，在匆忙的都市裡周旋了近三年的歲月，其實，我好疲憊。在唯物之城裡，同學同事同伴只剩寒暄。曾經擁有熱切激情的夢想、曾經那個年輕的我，已被憂鬱的城市和繁重的醫學課業消磨得蕩然無存，彷彿醫院已經向我收購未來的一切。屬於我的快樂、我的體力與時間，都付諸病房。從此我忘了寒暑，在冰冷的白色巨塔裡，連抬頭看看天空都是件奢侈的事。許多日子，我在便利超商裡，隨手抽了兩三支關東煮、或微波的冷藏便當，或夾顆肉包、茶葉蛋，當成我的一餐，毫不在乎其色、其香、其味。在實習的日子裡，我是流動的，

從內科、到外科，在偌大的醫院裡游牧，或者山牧季移，不論是心境抑或地域，我居無定所。

睜眼的這一刻，大慶站到了。火車上的廣播傳入耳畔，催促著我必須下車。我訝異此地的車站竟是自由心證，沒有收票的閘門、沒有收票員，人情的純樸卻是如此充盈飽滿。假日的冬陽離我好近，我才驚覺這裡已不是盆地的低緯，我已不需要圍巾和毛帽，放眼的漫長街道，縱使原本想行草此地亦終將卻步了。我只好在人群來往穿梭的車站等你。我想像著下一秒你若出現，我該如何開場才不會使我們陷入沉默。

當你傳了訊息來，說：你到了。在轉身的那一刻，我看見你的笑容比冬陽更燦爛溫暖，於是我的等待有了意義。

原載於104年3月7日《自由時報》

★我永遠忘不了今天

男孩跳著舞，在深夜的振興公園裡，我們剛喝完一打海尼根，覺得有點脹、有點熱，但身體好輕感覺不像是自己。

我沒想過會和他一起喝酒，或者說，我從來也沒喝過酒。尤其是在這樣的深夜，而且是在這個地方。夜闌人靜，醫院前的這片公園，沒有看護推著病人，只有男孩和我，顯得更加寧靜而安詳。遠方望去整棟白色巨塔幾乎都熄燈了，除了急診室的燈仍亮晃晃。沒有星子的天空，雲朵的排列彷彿頭蓋骨的冠狀縫、矢狀縫，路燈像脊椎骨，我想著乙醇（酒精）在人體裡會變成乙醛和乙酸，我愈來愈想吐，但我不想男孩看見我吐的樣子。

許多時候我在基礎醫學的必修課裡打著盹，他總會叫醒我；在二手書店，我們共同度過了許多翹課的午後；圖書館裡，男孩幫我溫習功課和整理重點，陪我臨時抱佛腳通宵。

男孩隨風起舞，看著男孩的舞姿，我不知眼前的這一切是真是假。我握著最後一罐海尼根，閉上眼把它喝完。方才抬頭，我看見男孩看了看錶，突然對著天空大喊：「生日快樂！」

原來今天是我的生日嗎？

我想我永遠忘不了在我二十歲生日所發生的事，除此之外，我生命裡很少再有什麼戲劇性的事情了吧！學校在醫院旁，但要回宿舍仍有一段距離，我笑著、我哭著，比肩和男孩沿著公園外圍散步，往學校的方向走去。他忽然牽起我的手，粗粗的、熱熱的，掌心裡他的心跳快速而鮮明，但也許那也是我的心跳。

有那麼一瞬間，我以為男孩要向我告白，其實我知道羞赧的他是說不出口的。敏銳又彆扭的學生時代，對彼此的了解即便只有一點點，都天搖地動吧。

「這裡好冷。」我說。於是男孩馬上摟住我，彷若我是易碎的玩具般小心翼翼地擁我入懷。緊緊的。我感受到他的呼吸好急、好近、好清晰。

「還冷嗎？」男孩問我。我們非常緩慢地前進，卻還是來到了宿舍門口，他要我快點進去休息。

原本要走進寢室的，轉身的那一刻我看見他仍在原地，我衝向他吻了他。時間似乎停下來了。我看見男孩全身僵直發著愣，似乎笑了，笑得很坦然，我心裡一鬆，感覺長時間被壓抑的自己，逐漸被他一點一滴地融化。

我曾說，我想在臺北讀大學的四年裡，要留下很多回憶。「那想去哪都陪妳啊。」男孩那時是如此回答我的。

於是，從傍晚的漁人碼頭到八里左岸；從碧潭到白沙灣，城市的每處都留下我們的足跡。我們在捷運車廂裡遊走所泛起的足音，像一首詩，訴說著我們之間的纏綿故事。我們踩在被熱情陽光親吻過的沙灘上，我告訴男孩我想起鄭愁予的一句詩：「沙灘太長，本不該留下足印。」

「我只希望，在妳的足印旁有我的就夠了。」他如是說。

現在的風吹得令人直打哆嗦，而男孩仍凝視著我。

我想我永遠忘不了今天，因為此刻，我在他專注的雙眸中，看見了另一個自己。

原載於104年5月13日《臺灣時報》

★猶豫的腳步很輕

「那妳今年有什麼目標嗎？」男孩和我比肩站著，在午後的誠品書店裡，他平靜地說。

其實我沒想過今年第一次回家鄉就見他，尤其在這樣寂寞的深冬裡，我剛結束了一段感情。「書店比較適合妳。」他如是說。分離後我們彼此的生活不再恍惚不定，比從前平凡清淨，每日穿梭在交通壅塞的都市裡，只有汽機車的烏煙瘴氣強烈鮮明。偶爾偷閒在十四樓病房會議室裡，我趴伏在透明的窗檽，倏然眺望前方遠方，只有排排公寓和疾行的人們。車輛行駛的軌跡逐漸消失在視野的盡頭，我好想跟著車群遠離此地，重新獲得自由。

南部的書店和臺北其實沒有什麼不同，卻多了一股濃濃的人情。書本和音樂，這都是我們以前念書時喜歡的東西。我記得男孩在我將畢業的時候曾問起關於我的未來，要留在臺北抑或返回家鄉，我隨口回了還不確定，其實那時的我應是希望他留我在家鄉的。於是在唯物之城裡我敏捷地兜了一大圈，卻弄得自己渾身是傷。經歷了數段失敗的戀情、在升遷中浮沉不定，我時常在深夜的病房中恍惚想著我一成不變的工作和未來，才猛然驚覺我已不再是那個鎮日埋首書堆而渴求愛情的小女孩了。如今我已變得世故，連我自己都覺得自己陌生而遙遠。

男孩和我的成長背景相近，個性卻截然不同，他謹慎而內斂卻不失幽默風趣，處事精明效率，成績一直名列前茅，如今已在南部醫學中心穩定工作。上次知道男孩的事也是聽友人轉述的，那時他剛從馬來西亞義診完回臺灣，精疲力竭，不只晒黑，連鬍子都長了。我拿著朋友的手機滑著滑著，想他想得出神笑了。

而男孩已靜靜走到我的身邊。他瞅了瞅我手上那本書──《游牧醫師》，他問我裡面在寫什麼，我說就是我們所經歷的事啊！我們在各自的人生和病房裡目睹了一場場聲嘶力竭的生老病死，從這科、到那科，從心境、到地理。我們都不曾鼓起勇氣去追求一百公里外的愛情。

走到書店外的廣場，聊起了我們共同認識的學姊，他說他覺得學姊像某個明星，我說美女間一定是會有明星臉的，因為審美的標準就是這樣啊！他問說那妳呢？我不知道如何回答他的話，只好又仰起頭，試圖忽略他的問題，將專注力用在交通號誌上。

有那麼一瞬間，我好希望當年的我應該選擇回家鄉工作，也許現在和男孩就不會如此疏離。時間忽而靜止，我偷偷側臉看著他，和當年的那個男孩其實沒有不同。時間似乎停下來了。我看見男孩笑了，很坦然的樣子，他說我知道護理師很辛苦，這些年委屈妳了。於是心裡一鬆，感覺某一部分長年堆疊累積起來的自己，已逐漸碎散開來。轉過身，男孩遞了頂安全帽給我。

下了他的摩托車，我們只剩下一句再見。回家的腳步很輕很慢，我不知道自己在猶豫些什麼。

原載於104年5月27日《臺灣時報》

★世界最美的風景

再往前走一些便下雨了。你抬頭看著天空，轉過頭來問我有沒有帶傘。我還來不及分析怎樣的回答比較好時便說了沒有。但其實我沒說實話，如果我說我帶了傘，你是否就要趕我走呢？

於是為了躲雨我們席地而坐。坐在你身邊的那一剎那，我忽然發現此刻世界正努力地縮小，耳畔的雨聲卻不斷增大，我好希望這場雨不要停，能夠把我們困在這裡久一點。

你問我喜不喜歡下雨，又說下雨對警專來說是好的，然後是一片沉默。我知道我們都是不擅言詞的人，但你也許不知道，對我而言，和你在一起的時刻即便是沉默也很美好。我偷偷瞥著你的側臉，我想像下一秒你是否會忍不住吻我，也許是向我表白，也許你會拉著我的手衝入這場雨中。我想像著今天會發生很多瘋狂而戲劇性的事，而未來我們的這一天將會深刻地烙印在我的心中。

但什麼也沒發生，一切又平靜又安詳。你我都羞赧地望著前方的這場雨，彷彿世界靜止了，只有我們的呼吸清晰地前進。然後我終於知道，世界最美的風景在戀人的眼中，原來，我是在這一刻愛上了你。

原載於104年6月10日《臺灣時報》

我心中的那隻白鴿

失去感情的那段時光，我時常獨自坐在翠綠的草坪上，看著遠方，或端詳近處。在操場上慢跑的中年男子，或情侶，或與狗兒嬉鬧的孩童，歡樂中帶著安詳，彷彿身處在太平盛世，沒有任何事能夠輕易地驚擾他們。孤獨的時候我總會想起他，我仍記得分手那天，也是這樣相似的下午。

那時候的我們二十一歲，我留著一頭短髮，他仍理著平頭。那天他坐在我身旁，說我們分手吧，我受不了聚少離多、只靠 Line 和 Facebook 聯繫的日子。

我一直覺得自己是一個理性的人，從學業、到情感，直到和他分手後，我開始藉著酒精入睡，卻在夢中呼喊著他的名字。理性告訴我有沒有他其實沒有太大分別，我仍要面對嚴苛的醫療環境還有堆積如山的護理報告。每日，我必須在早上六點半前走出宿舍，搭上捷運，從紅線、到棕線，四十多分鐘的車程自我實習到今日從未有過誤差。當我的悠遊卡刷出捷運萬芳醫院站，仰視高掛的電子鐘時，它總是閃爍著「07：41」的紅色數字。

我以為人生的每個時刻，都能像捷運上的電子鐘，每分每秒都不偏不倚，就像那個煙花閃爍的夜晚，我和他並肩坐著，年輕的我們以為瞬間的煙火會炸出永遠的恆星，如今恆星卻變成流星，隕落中我又抓住了什麼？

出了捷運後我靠著身體的直覺反射，走到萬芳醫院的五樓病房，快速換好白色的護士服和鞋子、紮好頭髮，又開始了一整天的產科實習。我游牧在開刀房、產房和病房中，許多迎接生命的喜悅，還有一場場哀慟的離別。下班的時刻，同學們紛紛抱著疲憊的身軀躲回宿舍休憩，我則獨身往醫院的反方向走去，只因想再多看一些和他有關的影子。

然而他的形影已不再清晰可及，在我心中卻有一隻永恆的白鴿停駐。從此，每當我看見派出所或行駛中的警車，我總會忍不住多看幾眼，直到他們在我的眼簾消逝，漸而模糊不清。

實習的日子緩慢推移，我想現在的他應該已在南部的某間派出所就業。必須輪三班的日子離我已經不遠。我想起昔日的爭執，都還是學生的我們，對彼此的不諒解讓我們的愛情殞落。

但我知道在我心中的那隻白鴿不曾離去。

原載於104年6月5日《自由時報》

★初戀時光

每天我坐上男孩的機車後座，那是一段必須早起的游牧時光；從內科到外科，從學校到醫院，二十多歲的我們住在北投校區的宿舍，卻被學校分配到最遠的新店醫院實習。

關於男孩機車後座的風景是絢爛的，雖然我記不得太多。許多個杳無人跡的清晨街道上，男孩騎車，我在後座摟著他的腰，嗅到他髮際間仍殘留著醫院的酒精和消毒水的氣味，刺鼻而熟悉；飄散攀附在髮根上的頭皮屑，讓我猜測大概又輪到他值班，來載我的時候也許仍來不及盥洗。我碰觸他的下巴，鬍子又長長了，就讀醫學院的確很辛苦，對醫學生而言，寒暑假早已失去意義，沒有一般大學生該有的青春假期，沒有耶誕舞會或聯誼，連安穩的睡眠都是奢侈的夢想，體制中我們必須提早踏入醫院見習、實習，提早體驗職場的甘苦。

許多他撥冗赴約的午後，男孩竟在看電影時靠在我的肩上呼呼大睡，還發出打鼾聲，呼吸吐納間，我感受到他靠在我肩上的穩定安詳，與他在值班時 on call 的戰戰兢兢大相逕庭；我目睹了無數次他想掏出錢包，卻拿出酒精綿片、紗布和 Lock，我總嘲笑他的口袋像百寶袋，裝滿各式各樣醫療用品；又或者在言談中，他總會不經意說出一些令人費解的醫學術語。

清晨還是帶著寒意的，男孩疾駛的機車上，涼風拂來，我把他抱得好緊。其實自己很希望不要那麼早抵達醫院，這樣和他獨處的時

間也許能再多一些。

此生我見過許多美景，卻都不及在男孩機車後座所見的風景溫暖又獨特。

原載於104年7月1日《青年日報》

白鴿與酒

直到分手的那一刻，我才真正明白，在F筆記本裡，所謂的「弄丟回家的車票」原來是這個意思。

那個平靜如常的深秋午後，我坐在F的身旁靠著他的肩。仰望著同一片天空的我們，和昔日一樣安和平靜。F開口的第一句話卻是「我們分手吧，不久後我就要回家鄉工作了，我不想弄丟回家的車票。」他的神情如此堅定，使我無從辯駁，當下我站起來便轉身而走，背對他的那一刻起我竟開始流淚了。那個時候我只有二十一歲，留著一頭俐落的短髮，F平頭卻依然帥氣的那張臉，卻是我最後一次見到。

自F離開臺北後，我的一切又再度歸零，包含生活、包含學業，我開始無心上課，以酒度日，但那時候的我幾乎忘記，從前的我是不喝酒的。當生活和學

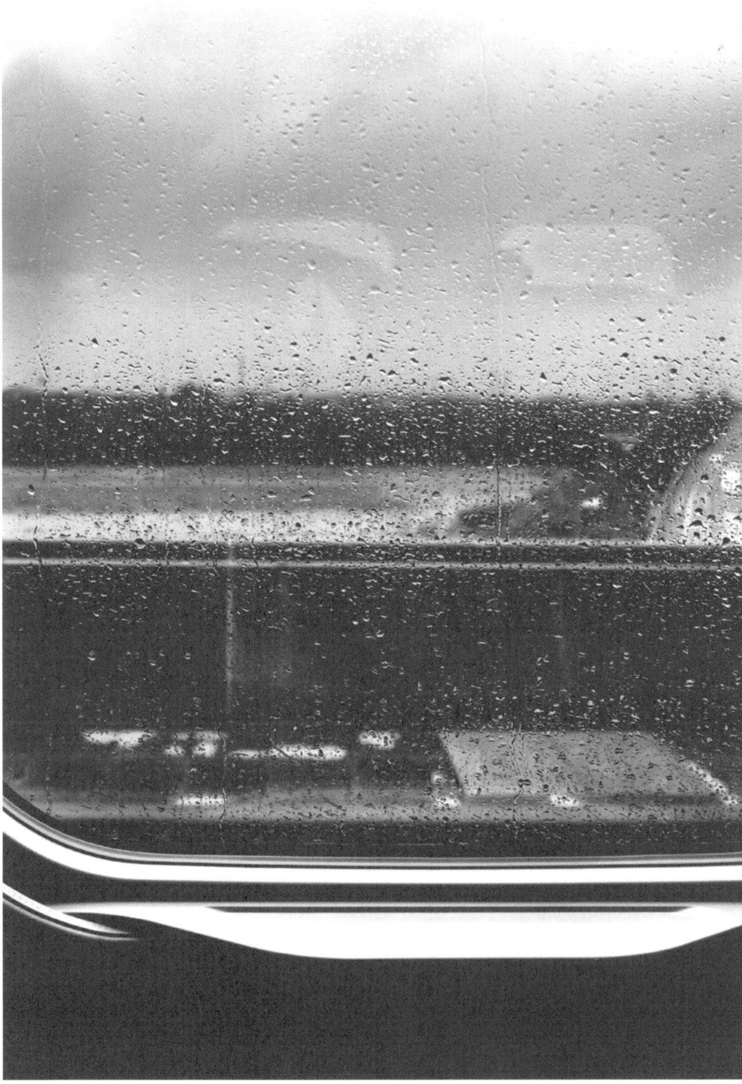

業的一切逐漸接上軌道之後，我才驚覺匆匆流逝的歲月已不復存在。

F是我在大學的一個聯誼場合裡認識的警專男生，他小我一屆，聯誼那天他靦腆羞澀，我們講不到幾句話。後來他向公關要了我的Facebook和Line，和F聊沒多久後，相談甚歡的我們，就決定在一起了。可當時的我們都還太年輕，總以為我們可以走到最後、總也以為什麼夢想都有可能達成。

和他分手後，原本滴酒不沾的我，竟也開始藉著酒精才能入睡。起初我只是為了逃避清醒和悲傷，我在夢裡總是告訴自己有沒有F其實對我的人生沒有太大分別，我仍要面對繁重龐然的課業、嚴苛的實習，還有層巒疊嶂的護理報告。F離去後的每日，我仍必須在卯時前踏出宿舍大門，面對尚未明亮的早晨，我搭上捷運，在四十多分鐘的車程裡，和F一起搭公車捷運、一起出遊的回憶卻不斷湧現腦海。我忽而想起在實習空檔之際，我和F曾計劃到東部出遊。沿途在火車上，我看見F在他的筆記本上寫著筆記，我轉頭想看看他在寫什麼，卻只看見「別弄丟回家的車票」，那時的我會心地笑一笑，老是喜歡亂丟東西的F，連回家的車票也會搞丟。於是我跟他說，「以後車票給我保管就好啦！這樣你就不會弄丟了！」那時Ｆ卻什麼也沒回答我，也只是輕輕淡淡地笑了一笑。

我總以為人生的每個時刻，都在我的掌握之中，在那時和Ｆ的警專同學的聚會上，我未曾喝過酒，我以為在人生的每個時刻我都能如此堅定，就像我曾經以為Ｆ不會離開我一樣。如今下了班、出了捷運站，我的身體直覺反射就會帶我走到最近的便利商店買一打啤酒，抱著疲憊而悲痛的身軀躲回宿舍獨自飲酒、聽著傷心的情歌，在眼淚裡入睡。

直到Ｆ的形影已不再清晰可及，而沒有他的日子仍緩慢推移著，我想現在的Ｆ應該已經有了新的生活，他在南部的某間派出所就業，或許也已經有了新的女友。畢業的驪歌已離我不遠，如今憶起和他在一起的那段時光，恍若是一個個幻象，但我心中的那隻白鴿卻如同酒精，如此浪漫而令人心醉，使我至今仍想沉浸在裡頭，不想清醒。

★雨停了，就難以再見面

那是炎夏裡的尋常的一日，豔陽彷彿高傲獨唱的女高音，盤桓不去的熱氣讓人急欲逃離。這樣的夜晚，友人邀我去酒吧小酌幾杯，以慶祝連日在驕陽下的實習結束。那時我剛從衛生所搭一個多小時的捷運回到宿舍，已疲憊不堪地臥倒在床鋪上，連動都嫌懶了。但友人的盛情亦如豔陽，實在令人難以婉拒，我遂隨意地紮了一個馬尾、穿上球衣，連妝都沒化就隨大夥兒出門去了。

我知道自己是不勝酒量的。猶記不久前我和朋友也在這裡小酌了幾杯，竟醉得不省人事，連舉步都維艱，朋友費盡艱辛才將我抬回宿舍。這次，我決定別再造成她們的困擾，今夜我下定決心要滴酒不沾。

然而，我是明白在這種場合滴酒不沾是自討無趣的，我站在吧檯發著呆，看著大夥兒豪飲過一杯杯的調酒。她們囑咐我別走遠，我心想著酒吧就這麼一丁點大，我能走遠嗎？凝視著前方半晌，兩位紳士朝我走來。一位是金髮碧眼的外國人，另一位黑髮男子帶著眼鏡，看起來像和我年紀相仿。外國人用他生澀的中文邀請我到舞池跳舞，方才友人要我在原地相候，然而帥哥當前，我竟也管不著太多。他牽著我的手走進舞池裡，雙眸未曾離開過我的臉龐。那是會讓所有女孩都心動的仰慕眼神，他的雙眼，恍若在告訴我，全世界的女孩裡我只願看著妳。

熱情煽動的舞曲裡，我在他的懷抱心搏過速。我漸漸地推開他，他遂在我的臉頰輕吻。他的朋友一見此景，走到我面前說了些圓場的話，以流利的中英文在我們之間對答。他問了我多大、讀哪裡，最後他幫朋友問我是否能吻我，我點頭答應，他便在我唇上輕吻。他的吻，像蜻蜓點水那般短暫輕盈，亦像朝陽般溫暖而永恆。

而過了那夜，我就再也沒見過他們。

我知道他之所以令人難忘，是因為他曾用如此明澈的雙眸凝視著我，而那樣的雙眸是我此生也許不會再見到的。

原載於104年10月5日《臺灣時報》

★莫忘蜜月灣

二十一歲的我站在蜜月灣前，凝視著眼前白花花的海浪。我呆坐在沙灘上，滑著手機打發時間，男孩背著單眼相機，不畏艱辛地涉水拍照，他的背影溫暖而清晰，臉不時回頭望向我。

他的雙腳踩在海水裡，背脊早已溼透，嘴角卻永遠掛個陽光般的笑容，恍若不曾有什麼事能夠使他憂煩。滑著滑著，我滑到了昔日同學會那天，我們在北斗小鎮上吃飯的那張照片，看著照片裡的他，原來那天他也不例外。那時也是在炎熱的夏天，我們一如往常嬉鬧玩樂，男孩總在大家都不注意的時刻，架好相機腳架，為大家留影。猶記那天晚餐過後，男孩開車送我回家。車程不長不短，感覺我們都有話想說，卻什麼也說不出口。我從回憶中淡出，不願有過多的猜測。北上求學的時光，我經歷了幾段失敗的感情，如今我已變得淡漠，不想再次經歷感情。

下雨了，我將手機關掉，我見男孩也趕緊走回岸邊，將單眼相機收好。他緩慢地走到我旁邊，席地而坐。我見男孩的小腿上些許血漬，我問他疼不疼。

我一直想幫他清洗傷口，他總是說小傷而已，不要緊。也許是風或雨的緣故，讓此刻安靜，就像那個他送我回家的夜晚。些許涼意使我不禁微顫一下，男孩就馬上拿出他的外套，披在我的身上問我冷不冷。

男孩默默拉起我的手，帶我一步步走入海水中。我想起上次看海竟是我十九歲的時候，在印尼的海灘上。我努力想擺脫他，卻跟著越走越深，直到漲潮幾乎要淹沒了我們。看了看時間，告訴男孩我們該回去了。我朝向他潑了幾把海水，直到我們雙雙跌坐在蜜月灣裡。此刻我們已渾身濕透，卻相視而笑，我想，也許如此純真的日子，即將因我們步入社會而離我們遠去。

與男孩的這份情感，是情是友，也許已不須再辯問。此刻我們只想努力愛春華，莫忘歡樂時光。

原載於104年12月18日《臺灣時報》

★一切總會過去的

九月你陪我從附近超商走回家的那日，天色已暗，街上的店家都閉門了。我們剛從鎮上的餐館回來，因為已許久不見，天南地北地聊了幾個小時。言至彼此的情傷時，我不禁又潸然淚下，你遞了張衛生紙給我，對我說：「沒關係，一切總會過去的！」

你一向不擅長激昂的場合，看起來總是特別寡言沉默，你說的話，不是烈日，是朝陽，是如此令人心安的溫暖。想想我們認識的日子，已經有十年了吧！十年來我們所居住的鄉下依舊沒什麼變，只是店家的招牌徒然更老舊了些。記憶和歲月一同老去，我已記不得童年的那個自卑的我是什麼模樣了！你卻說十年來我變了很多，變得開朗活潑了，這樣比較好。

大學離鄉後，我開始濃妝豔抹。以前不曾接觸過的化妝品和短裙，如今已是我的日常。你從來只說我好的那些，不知道對於我，你是怎麼想的呢？

原載於105年1月21日《臺灣時報》

溫水試驗

記得國小的時候，我們曾經做過這樣的一個實驗：我們用了三盆水，分別把右手伸進熱水裡後，再放進溫水裡；再把左手伸進冷水裡後再放進溫水裡，然後我們意外地發現了同樣的一杯溫水，左右手竟有不同的溫度感受。根據理性的概念，人類在審慎思考後，以推理方式能夠推導出合理的結論，因此根據推裡，我們的左右手應該要覺得溫度相同才對，但你我都知道實際上卻不是如此。

失戀後我再次想起了這個實驗，我忽而意識到其實我的大腦也許未曾理性過，尤其在愛情。無數個漫漫長夜，我用濡濕的雙眼，屈辱地盯著螢幕上的綠色光點，只為了等候我愛人的名字出現在收件夾訊息裡，雖然我深知經過那個咆哮的夜晚之後，我們已成為了兩條不會再有交集的平行線。我深知在我戀愛的時候，是完全失去理智的一個人，有時候我也訝異自己在許多時候都這麼感情用事，直到分手後我仍遲遲走不出那段情感的傷痛。

友人時常告訴我：「下一個會更好。」那時的我，總是哭鬧著回答：「我就是不要更好的人，因為我只愛他啊！如果妳只喜歡吃牛肉麵，再高級的牛排端到妳的面前，妳一定是棄如敝屣！」

「如果妳不曾吃過高級的牛排，妳又怎麼會知道妳不喜歡吃呢？別再浪費時間在不值得的人身上了！」友人回答道。然而，當下執著的我對於朋友的苦口婆心竟是一個字也聽不進去，在愛情的盲目世界裡，我們總是情願為愛人編織一個個藉口和謊言來遮掩愛人的缺點，然後盲目地愛著一個人。

「如果連這樣理性的事都能騙過大腦，又更何況是情感的事呢？」當我開始能夠以理性和友人溝通的時候，我很喜歡舉這個例子，我時常想著那些飲酒度日的深夜，連在夢裡都流淚呼喊著他的名字。我彷彿活在深淵裡，看不見除了愛人以外的事物。我翹了所有的課，鎮日躺在床上，失去食慾和睡意，守著手機和Facebook等待著他的挽留，但我始終沒有等到。然而時光仍在我的淚水中推移著，不曾因任何人停下。

不知道何時我才能在這些失敗的戀情裡學到教訓，我好希望有一天當我面對愛情時，能夠不再那樣感情用事。

原載於105年4月7日《臺灣時報》

輯三

病房之外

唱國歌好感動

記憶裡，國歌只剩模糊的片段，因為自從上了大學之後，除了校慶之外再也沒開口唱過國歌了。

二〇一五年的第一天，我決定也要當個熱血的大學生，在臺北念書的四年裡，至少也要到總統府升旗過。

於是清晨四點，我忍痛按掉手機第十個鬧鈴，揉著惺忪的睡眼，記憶仍停留在昨夜絢爛的煙火。我們蹣跚地走到總統府前，等待天色漸漸亮起，此刻我身邊的朋友已打了一個寒顫，開始向我抱怨為何要找她去參加無聊透頂的升旗典禮，這樣寒風凜冽的天氣，我們應該在溫暖的被窩中迎接新年才對。

我把自己的圍巾脫下來給她，希望她別再抱怨，安撫著她這是第一次亦是最後一次做這樣的事。當朋友看見國軍的操演，見色忘友馬上表現出來，眼睛為之一亮，看著國軍帥哥目不轉睛，我真搞不懂在上一秒是誰吵著想回宿舍睡覺呢？

當國歌響起的這一刻，我才發現自己與國歌的疏離。猶記小學的老師強迫我們囫圇吞棗地把國歌和國旗歌歌詞背下來，要默寫和抽考，那時把歌詞記得滾瓜爛熟卻完全不懂意義何在。如今二十一歲，大三的我在二〇一五年第一天開口唱國歌的這一刻，覺得國歌寫得真好，「一心一德、貫徹始終」，黃埔軍官學校開學時國父孫中山先生的訓詞，教我們在人生道路上要有所堅持。

我轉頭看見我的朋友，她已潸然淚下，頰上眼淚的軌跡清晰鮮明，彷彿今日的第一道晨光那樣，散發著希望的光輝。我心想，她一定也是因為這句「一心一德、貫徹始終」而流淚吧！

曾經因為失戀而被二一；因為不想念書而休學重考，在求學生涯裡跌跌撞撞、遍體鱗傷的她，一定想「貫徹始終」地讀完大學。如今我們選擇讀護理系，也算是「為病人前鋒」吧！

我沒問她為何流淚，在她把圍巾還給我的時候，她向我道謝，我知道這一天對我們而言，都別具意義。

原載於104年6月23日《青年日報》

非關浪漫搭船記

不知道這樣算不算出發？一艘艘船日復一日往返於淡水河的兩岸，載滿遊客的快樂、悲傷抑或閒情。不知該稱呼為船長或漁夫的中年男子，嚼著檳榔、穿著滿是泥濘的雨鞋，豪邁地吼著形形色色的乘客上船。我問中年男子是否能幫我拍張照，讓我倚著桅杆感受海風的吹拂，像《鐵達尼號》的女主角，我想著如果我佯裝跳海，是不是就會出現一個又高又帥氣的男主角出現來搭救我？

「小妹妹，這不是鐵達尼號，是順風壹佰陸拾貳號，這裡很危險，趕快回去坐好。」中年男子對我大聲吼叫著，然後把嘴裡的檳榔吐進淡水河。親眼目睹這樣的場景，我心裡暗自想著：其實要當女主角也還蠻辛苦的，不知道要捨命跳進多少人口水混雜而成的河海中。

比起鐵達尼號，順風號更像李清照筆下的舴艋舟，但就少了那麼一些浪漫。

在骯髒而侷促的座位中，我趴伏在窗邊，風吹向我，好冷。船上的魚腥味濃烈而刺鼻，乘客嘈雜嬉鬧，我該如何在半小時內幻想、虛構一個有起承轉合的浪漫愛情故事呢？

抵達八里渡船頭了，夾在人群中我匆匆下船，像在逃難。回首，我看見漸行漸遠的漁船，一切彷彿都慢了下來。也許我能在八里左岸遇見白馬王子吧！

原載於104年6月4日《臺灣時報》

窗邊欖仁

一、暮春紅葉

隔著身旁那扇透明的窗櫺，窗外的風景豪不吝嗇地映入我的眼簾。那是一棟古樸的建築，紅磚砌成的牆面隱約道出了它的年齡，門邊有兩個偌大的金色字樣，寫著「紅樓」，它是校園中最古老的建築，也是學校的精神象徵。

在紅樓前有棵參天的欖仁樹，每逢暮春之際，緋紅的欖仁葉總會凋零在整條紅磚道上。

當鳥兒的鳴叫聲迴盪在耳際，還未見陽光潑灑的校園裡，我就會出現在那兒——溢滿落葉的紅磚上。

我總會拿著一枚竹掃把和容不下所有葉子的大桶子，無奈地執行這每日必做的例行公事。被竹掃把揚起的塵土留戀著我的皮鞋和長褲，早晨的涼風透進我單薄的制服內。我忍受著有些許寒意的徐風，在我手上重複的工作沒有停滯，但乾淨的景象似乎只維持了頃刻。俄而，被枝椏催落的欖仁葉便覆蓋上去了，於是一切彷彿又回到了原點似的，而我，則愚蠢地重複著徒勞無功的事。

後來的某一日，我的惺忪睡眠游移在成串的文字間和潦草的板書裡時，我瞥見窗外又飄著一片片的紅葉。是方才悄然透進的那陣微風吧！緋紅的葉兒隨著柔風飄盪，先是緩緩地離開枝椏，然後騰空旋轉，再不偏不倚地落在我的手心中。多雅緻的景色啊！可惜只在這短暫的晚春時節裡才能看見。

而後我便不再呢喃了！

我以為，能乘著東風，在溢滿落葉的紅磚道上掃地，是乍暖還寒的季節裡最浪漫的事。

二、孟夏黃金印象

當蟪蛄在我身旁耳語，驀然昂首，我才驚覺：原來初夏已悄然敲過窗，滿地的欖仁樹種，像極了一張奢華的金黃地毯。我不禁怔了神，眼及此景，竟是這樣豐實的感動。幾天前的早上，細雨綿潤，舉目矇矓，紅磚道上處處綻著朵朵傘花。我在倚窗的座位，看著眼前，當雨點輕觸在欖仁樹的枝椏上，金黃色的種子便隨之落下。啊！多令人醉心的黃金雨啊！後來那欖仁樹竟也讓我養成了一種習慣。每日，為了一睹金色丰采，我便急著在沒人的時候到校，打開身旁的那扇窗，趴伏在那觀望了好一會兒。沒有喧囂嘈雜，亦無人打擾。

不知這樣的景色能維持多久？想到上一個季節，我才陶醉在浪漫的紅葉中，現在我卻沐浴在一場黃金雨，一場能滌淨心靈的初夏黃金雨。

撰文正值天色初亮的清晨。我望了望窗，噓！你看！那黃金雨正下著呢！

原載於104年6月25日《臺灣時報》

寂寞饗宴

二十一歲生日剛過，心中卻湧出一股莫名的惆悵，總覺得這樣青春洋溢的年紀，是該擁有一點什麼、完成一點什麼的，而我，恍若一顆誤入俗世的塵埃般飄懸著，找不到一處棲所。

過去的二十一年，彷若仍是觸手可及的記憶。然而，我卻沒有勇氣伸手，總覺得一但伸手便會撲空，而撲空之後的碎裂，是我無法獨自承擔的。

猶記三年前的一場大考，使我的名字沉澱進一所庸俗的學店，我偽裝成裡頭的一分子，才得以生存而不被識破。每日周旋於日常的繁瑣，讓蓬頭垢面在吾身織出一片綺麗。早餐嚼著不加果醬的白吐司，午、晚餐就到便利商店囫圇吞棗。熬夜直至三更，明白披星戴月、廢寢忘食是怎樣一回事。日復一日，偶爾變成卡夫卡的蟲，偶爾當回《地下室手記》的活死人，遂與外人間隔，喪失回歸人群的能力。

我常想著徐志摩筆下「看天、聽鳥、讀書，倦了時到草綿綿處尋夢去」，那樣的生活，唉！似乎與我相去甚遠！我亦是望著天際發呆、聽著鳥鳴啁啾，看著書本，累了就學姜太公釣魚，只是沒有願者願意上鉤。張愛玲有她的天才夢，可我胸無大志，徒然於此渾渾噩噩虛擲光陰。

上週期末考剛結束，我終於於得以從層巒疊嶂的書山中脫身。半年來我第一次踏進家門，明白闃暗的汪洋中仍有一處明晰的島嶼，等著我靠岸停泊。

那天我穿上志工服，走入偌大的醫院。巨大的白塔坐落在城市最繁榮的地方，裡面卻只有惶恐的咆哮。站在人來人往的門口，被迫奉獻殷勤和笑容，偽裝成熱心服務的勞動者，遇到病人詢問的時候，便行數十步，將之帶至候診區。

鄭愁予筆下的金線菊是善等待的，可我不是。寂寥與等待對情婦是好的，可對我恐不是。從上午八點至下午四點，每天在醫院門口站八個小時，多煎熬啊！幾天下來，我只覺得厭煩，卻不覺得自己服務了病人什麼。

志工生活的最後一日，我心裡暗自竊喜著總算可以脫離累人的日子，盤算著僅剩的假期容許我做點什麼。

下午，我站著打盹，眼皮已闔了一半。迎面一個步履蹣跚的中年婦人叫了我。我勉強地擠出笑容，問她要到哪一個診區，想幫她提東西、扶她走路。

她卻婉拒了。

提東西這等小事自己來就行了，她說。婦人來自桃園，要在這裡就診好一段時間，對彰化不熟，希望我能幫助她熟習環境。聽完之後，我更加迷惑了！難道桃園的醫療資源比彰化匱乏不成？何苦要舟車勞頓遠從北部南下呢？

原來她是罕見疾病患者。「冷凝蛋白血症」，一種不正常的血蛋白疾病，在低溫的情況下會形成膠狀物，導致局部缺血或壞疽。她長年身受此疾所苦，從小開始尋覓良醫，直至現在未果。很多醫院拒絕為她看診，醫治罕見疾病這檔事沒人願意做。唉！資本主義連醫生都唯利是圖了！後來打了電話問彰化這邊的醫師願不願意為她看病，醫師答應後，她就不辭勞苦地趕來了。方才聽完，我心中掠過一陣酸楚，難過地低下頭，向她抱歉我問了不該問的問題。

她臉上堆滿可掬的笑容，幾乎讓人忘了她的年齡。她反過來問我幾歲、讀哪裡的學校。我兀自說著冗長的故事，她聽我說完只回了我高中三年沒什麼大不了的，混過去就好了，但無論遇到什麼事都要樂觀以對。

混過去就好了。

這原是她的人生哲學。

我忽然想起了李白「浮生若夢，為歡幾何？」想起蘇軾「回首向來蕭瑟處，歸去，也無風雨也無晴。」想起曾經讀過的唐詩宋詞，想起古人對於生命的達觀。我原以為這些古典詩詞的唯一用途是筆下試題的解答，從未認真思考過其中的真意。

突然明白了，一個二十多歲的女孩，衣食無虞，能愁什麼呢？既然處在太平盛世，就沒一江春水般綿延的愁緒；家庭幸福美滿，雖不熱衷打扮，也不會日晚倦梳頭；身體健康，不為疾病所苦；親朋好友偶爾觥籌交錯，耳畔有時傳入車馬喧。這樣的生活，何苦之有？

原載於104年7月14日《青年日報》

食辣的愛恨情仇

我喜歡吃辣。相較於酸甜苦鹹，辣的滋味深刻而有餘韻。食辣之餘韻包含停留在食道、胃裡的翻騰感受，亦包含腹瀉。

辣的層次共有三種。其一為辣覺碰處嘴唇的剎那；其二為辣味停留在舌間上的分秒；其三為辣穿過喉嚨與食道，在胃裡浮浮沉沉，彷彿有一股熱流流經全身。

習見的美食一定包含辣。包含麻辣、酸辣、紅油、芥末、宮保、蒜泥、沙嗲。至於美食，更是不勝枚舉，臺式麻辣鴨血、中式剁椒魚頭、贛南麻婆豆腐、川味辣子雞丁、泰式椒麻雞、湖南蓮花血鴨、韓國辣炒年糕……，令食者垂涎，食罷津津。

辣食中包含辣椒素，在觸碰到人類體表時會產生灼熱感，使胃酸增加，亦會造成肛門黏膜刺激。原有腸胃機能異常、腸燥症的人，食辣後腸的蠕動會加速，腸液分泌增加，便會出現嚴重腹瀉絞痛。原有肛門疾病者，會因刺激腸道使得解便次數增加，辣的刺激使肛門紅腫、肛裂，甚而痔瘡出血。食過量之辣除影響腸胃，對於眼亦可能引發結膜下出血。然而這些都不足以構成對於食辣愛好者之威脅。

曾聽一位教授解釋道：辣會刺激人體的細胞，在大腦中形成類灼燒的微量刺激，並非由味蕾所感受到的味覺，而是一種痛覺。所以其實不管是舌頭抑或身體的其他器官，只要有神經能感覺的地方就能感受到辣。當人體習慣食辣後，會對辛辣食物產生依賴性，自此無辣不歡。

當愛食辣者熟悉了辣味所帶來的刺激後，往後不具辛辣之食物便無法滿足這些人的感官需求，就像感情。

面對感情，亦同食辣。感情裡的酸甜苦鹹只能帶來短暫的愉悅滿足，卻曇花一現，歡樂的時光易逝，唯有辛辣能夠刺入神經。分手時愈心狠手辣、傷我愈深的男性，留下的痛苦如今憶起，恍若辣實的餘韻，深刻而持久。

人在行事時常知其不可為而為之，就像食辣，知其辣不可食而食之。

原載於104年7月15日《聯合報》

船遊黃浦江

漫步在夏日的上海老街，有種難得的靜定和悠閒。老街西隅的黛瓦白牆、朱柱飛簷彷彿正對我說著一個個洗盡鉛華的故事；而另一頭的東隅，可見翹角屋簷的一磚一瓦，瓦瓦盪入天際，那些世俗的憂煩彷彿亦跟著消散了。

上海的林立高樓、寬敞街道是都市人所熟悉的，上海的文化底蘊是張愛玲，我想，每個喜歡張愛玲的人，都有一個洶湧熱切的上海夢，如此磅礴，又如此柔情。

搭上船，我獨自在船艙內眺望著遠方的景色。一千五百公尺的黃浦江外灘，盡是充滿現代感的建築，繁華美麗，我恍若能看見在歷史洪流中，才子佳人的夢醒夢碎。同行的師長見我若有所思，在我身旁坐了下來。美景當前，缺少戀人相伴，不禁使我們聊起了彼此的感情。

我說起了自己剛結束的那段沉痛又失敗感情，因為相隔異地，一北一南，使我們終將分離。聽了我的故事，夏老師感慨地說：「臺灣南北高鐵還不用兩小時呢！難道在大陸這邊，一個北京的男孩就不能愛上海南島的姑娘嗎？」

不想夏老師的感情之路更是坎坷，他說他如何也忘不了他那個論及婚嫁的前任女友，於是形單影隻直至今日。「算算也有五年多了吧！」說畢，我看見夏老師的眼神裡流露出一抹淡淡的哀傷。當下的我心中疑惑萬分，如此癡情的北京男子，怎麼會沒有姑娘愛著呢？

豔麗的外灘夜景，沒有海濱的怒潮，只有宏偉的建築和不滅的燈火。是夢是真，也許已不需辯問，此刻我對上海灘的崇拜衝動，已倏忽猛烈地跌宕在我心中。一睹黃浦江的狂飆神祕，心中的那份小情小愛隨之銷匿無蹤，從浪濤中我恍若頓悟了生命的意義，感情的成功與失敗，在狀浪中變得渺小而微不足道。

在上海，可暫時忘卻紅塵的落蕊枯葉。也許再讓我年輕個十歲五歲，我就能再提起勇氣，和我昔日的戀人說：「讓我們再勇敢一次吧！」

原載於104年8月12日《臺灣時報》

西溪濕地私旅

抬頭剎那，船已駛到了如同一面鏡子的潭裡。我在窗邊的坐位上，自拍了幾張照片後，覺得無趣極了，心中便浮出了一個頑皮的念頭，於是把手伸出窗外，往潭裡撈了幾下。水濕濕滑滑的，卻清澈得很，解說員說這潭的水引自太湖，我便莞爾一笑，想著這太湖的功能未免太多，猶記方才導遊說著午餐的紅燒魚亦是太湖撈起的呢！

雖然沒有戀人在身旁，午後的陽光透入船艙中，西溪溼地的風色明媚，令人忘卻自己身在何方。下了船我往溼地公園裡邊走去，因為天氣太好了一些，我站在原地發愣了一會兒。山頭的雲霧美極了，我已經好久都沒有如此清澈單純的感動。夏日的溼地蟬聲嘈雜，南風起時，葉便發出軟語，像極了戀人耳畔的呢喃低語。我想化為蟬，隨風起歌；亦想化為落葉，隨風飄盪。在這樣浪漫的豔夏午後，令人忘卻煩惱、忘卻憂愁，在恍若仙境的西溪溼地裡，任誰都會想戀愛的。

往前走了幾步，小店的姐姐熱情地向我打了招呼，「小姑娘，想穿穿看旗袍嗎？妳穿這件、那件和那件都好看。」我試了幾件旗袍，最後選了件白底山水畫的旗袍，用一百元人民幣買了下來。我迫不及待穿了旗袍走進溼地公園裡，去看看嫵媚楊柳的綽約風姿。

走出店外，竟下起了毛毛細雨。我倉促地在包包裡翻找，竟找不著傘。同行的男子見我慌張的模樣，打了傘朝向我走了過來。

杭州江南憶，最憶是杭州。我永遠忘不了在江南的這場雨，在男孩的傘下，我戀愛了。

原載於104年8月17日《臺灣時報》

西湖遊草

杭州西湖風色明媚秀麗，古今中外無數遊客流連忘返。義大利馬可波羅曾讚美西湖「人處其中，自信為置身天堂。」關於西湖，有太多美麗的幻想。多少才子佳人的悲歡離合、夢醒夢碎，都曾發生在浪漫的西湖。

許仙與白素貞的第一次相遇，即發生在西湖的斷橋。那日下著大雨。白面書生許仙打著傘來到湖邊乘船，正好看見白素貞被傾盆大雨淋得狼狽不堪，許仙忙把自己的傘遞給白素貞避雨，自己卻躲在遠方任憑雨淋。白素貞看見許仙如此老實靦腆，便對許仙萌生了愛慕之情。

蘇小小之墓亦在西湖。年僅二十四歲的蘇小小去世後，鮑仁已在京城金榜題名，赴任時經過錢塘趕到西冷橋畔，想答謝蘇小小的相助，卻只趕上她的葬禮。鮑仁白衣白冠撫棺大哭，繼而把她安葬在離西冷橋不遠的山水極佳處，墓前立碑上刻「錢塘蘇小小之墓」諸多的文人到蘇小小墓前憑弔，當地人在她的墓前修建了「慕才亭」，為來弔唁的人遮蔽風雨。亭上題著一副楹聯：「千載芳名留古跡，六朝韻事著西冷。」如此一個才女，年值芳齡即香消玉殞，令人悵惘低迴。

而梁山伯與祝英臺亦曾在西湖長橋十八相送。梁祝二人在杭州萬松書院同窗共讀，祝英臺返鄉梁山伯送行，送到長橋時，兩人依依不捨，互送彼此，來來回回走了十八趟，長橋不長情意卻長。

而我，在西湖，亦有一段浪漫的故事。仍記得二十一歲的那個夏日，我到大陸去當交換學生。由西湖的那個炎夏午後，我穿了新買的梅花圖案白底旗袍，和一群朋友們漫步在西湖邊。當大夥兒走得累了，打算租腳踏車的時候，同行的男孩看我面露難色，於是載著我遊西湖畔。我側坐在男孩的後車座，生澀羞赧，心中有千萬個害怕。怕自己摔下腳踏車出醜、怕動作太大撕裂了嶄新的旗袍，更怕我太沉重讓男孩騎得吃力。

所幸男孩高大壯碩，有了我的後車座，男孩依然騎得如魚得水。我們一群人在西湖畔合影，美麗的荷花、成群的遊客和我的西湖夢，交織在這一張張照片裡。然我心中的擔憂終究還是發生了。每到一個斜坡，男孩的車速便漸漸慢

了下來。當男孩的車速一變慢，我就識相地跳下後車座，走到上坡再繼續坐上男孩的腳踏車。

我想，我此生很難忘記，在西湖，曾有這樣一位風度翩翩的男孩，曾以腳踏車載著我遊西湖。

原載於104年8月28日《臺灣時報》

王家餃子

那年盛夏我去了北京，為了讓我們更能融入市井，安排了兩天的寄宿家庭。其實得知了這個消息後，我心裡是有點忐忑的，第一次見面的朋友就要去借住幾宿，怎樣想都不太合情理。

接待我的思琪姐一見我就熱情地打招呼，遊了頤和園和南鑼鼓巷，便帶我轉了三段地鐵和公交車，終於抵達位於北京郊區的紅泥溝村。王媽寒暄後問我吃過了嗎？又熱切說著晚飯等會兒就好。見王媽和王奶奶正在廚房裡擀麵皮、包餃子，我亦躍躍欲試地捲起了衣袖，一同擀起了麵皮。餃子甫下鍋，王爸便從四合院裡搬出了方桌和圓椅，思琪姐端上了川燙過的毛豆和兩瓶啤酒，在夕陽微風的相伴下，我們一夥兒在四合院裡大快朵頤，享用著現包現煮的王家餃子。

餐桌上王爸和王媽問了我幾歲、學什麼專業、臺灣好不好，無論我如何回答，他們總是投以讚許的笑容。每每我喝了一口酒，王爸就幫我斟一次酒。王爸對我大聲吆喝著：「今天妳來，我高興！酒，就多喝一些，別客氣啊！」王爸濃濃的北京腔，我總得花費一點力氣，仔細聽才能聽懂。縱使如此，我卻仍一直被王爸逗笑。王爸王媽一直問著我吃不吃得慣，一瞅了我，我又忍不住笑了。短暫的餐桌時光，我感受到了北京人知足的性格。北京人對生活物質要求不高，隨遇而安又慢條斯理。一頓飯裡，只要有餃子和酒就能滿足。

晚飯後王媽請我吃北京糕點名店著名的榴槤酥，我雖不敢吃榴槤，卻又不好意思拒絕，勉強地在王媽和思琪姐面前咬下一口，擠出笑容，仍大讚著榴槤酥的美味。我想起了周作人的文章裡，曾提及他在北京不曾吃到好點心，我想粗糙簡單的茶點，也許和北京人知足常樂的天性有關吧！周作人追求生活藝術、精於飲食文化，因而他會對北京的生活方式感到失落惆悵，但在我的心中，即便北京的飲食令人失望，整體的北京城卻未曾令我失望過。

天色已暗，我拿著單眼相機，思琪姐陪我走入胡同，一邊說著紅泥溝村的故事。北京的樓高，人雖不多，路卻很寬很空曠，但在今晚的王家，我感受到北京人滿溢擁擠的熱情包圍我。

北京建都已有五百餘年之久，北京的胡同與四合院，都是北京文化的底蘊。在四合院裡，安靜封閉，形塑了北京人的封閉守舊和溫文儒雅。在北京，生活的步調慢了許多，巷弄裡的老住戶在老建築裡悠閒地下著棋或聊著天，少了城市一貫的雜沓與奔忙。

原載於104年9月7日《臺灣時報》

生食之談

我愛生食。舉凡生魚片、生蠔，抑或三分熟、五分熟的生牛排，切開時還會滲出一絲絲鮮紅血絲。我尤愛好生蠔、生魚片的鮮，佐以檸檬汁、酸辣醬或雞尾酒醬汁，入口，即化，配點兒白酒入口，簡直是人間美味。生蠔些微的金屬鋅味，頓時只剩鮮美的灰白嫩肉。當我吸吮著生蠔殼裡冷涼的汁液，配口白酒沖入喉嚨，那些被奔忙生活掏空了的感覺便消失了，而我，又愉悅起來。

關於生蠔是否能壯陽？是許多人的迷思。所謂蠔，為牡蠣之別稱，此美味海鮮食材，使人食罷津津。生蠔最具營養的價值是其豐富的鋅，男性每日食用一個生蠔便足以滿足體內對鋅的需求。缺鋅易出現生殖系統問題，從某種觀點，食生蠔能增強生育能力是據理力爭之事實，但不少人以為多食生蠔能夠壯陽助性，其實是對生蠔功效的誇大。

生食肉品之性狀若腐敗、變色、異臭、發霉或含有異物、寄生蟲，易導致病毒性腸胃炎，症狀包括腹瀉、噁心、嘔吐、腹痛、發燒、頭痛及虛弱等，然美食當前，誰又會聯想到這些疾病呢？

面對感情，亦如食生。我愛生蠔，當生蠔碰觸嘴唇的剎那，鮮美湯汁穿梭在齒縫間，吞下蠔肉那股鮮腥在食道浮沉，恍若置身天堂。這是食物的生，然感情的陌生與新鮮更是令人嚮往。

常言道：「妻不如妾，妾不如偷，偷不如偷不著。」常伴君側的糟糠之妻，看久了，終究是嘮叨的黃臉婆，會遺忘她對這個家庭的付出和努力，於是在外頭拈花惹草，或出軌，或劈腿外遇，乃人之本性。

孟子曰：「食色，性也。」食與色皆是人之本性，明知生食致病，明知感情不忠的後果，卻仍然願意孤注一擲，最終把人生也賠進去了。

原載於104年10月19日《臺灣時報》

盛夏的希拉穆仁草原

失去感情的那個夏日，我隻身去了內蒙古。如果問起我，可以旅行的地方有那麼多，為何要去內蒙古？我想，我一定會告訴他，在夏日的蒙古草原赤足奔跑，是我能夠想到最浪漫的事！

猶記失戀的那段時光，許多空閒的時候，我時常獨自坐在附近公園的青翠草坪上，看著遠方，或端詳近處。公園的那片草地陪我療傷許久，於是我嚮往無垠的草原和曠野，當我想著如果能去蒙古高原是一件多美的事，我已踏在高原上。

那個夏日我轉了兩個班機抵達北京之後，夜宿在火車硬鋪上，醒來時終於千里迢迢地到了呼和浩特。呼和浩特意為「青色的城」，我想著呼和浩特的悠久歷史和光輝燦爛的文化，想著這裡曾是胡服騎射的發祥；是昭君出塞的目的地；是鮮卑拓跋的龍興；是旅蒙商家的互市；亦是游牧和農耕文明交匯融合的前

沿，於是我怎能不對此地有著衝動的崇拜呢？

站在希拉穆仁草原上，令人驚悚、令人屏息，我忽覺自己渺小卑微，但心中卻是著實的歡喜。這樣的歡喜是因著能與大自然融為一體的雀悅；是因著雙眼可以望到無窮無盡；是因著草原有著難以形容的青草和芳香。在草原深處，有時會遇見一彎泓泉曲折地流經腳下。小河清澈，連裡頭的石子亦能看得清楚。這彎清泉彷彿正向我訴說人生的真義，只要自己行得正，真相終會有水落石出的一日。即便現實的世界窄仄殘酷，無法令人喘息，但在內蒙古的草原上，我嗅到遼闊草原的青綠芬芳，頓時遺忘了塵間的情傷與憂歡，只有清澈明晰的心陪著寂寞的我。

我如何能不享受這難得的寂寞？寂寞是心境，然而寂寞的本質是清閒，唯有放下日常的瑣碎忙碌，才能感受寂寞。對我而言，寂寞是極難得的心境。我時常忙著周旋於無謂的功名利祿、經營友情、追求愛情，很多時候卻忘了讓自己獨處，忘了聆聽自己心中的聲音，忘了問問自己什麼才能夠讓自己真的快樂。

高原與天共長一線，蒼穹高深不可測，但踩在草原的感覺卻是如此踏實又心安，如同我昔日的情人。如果蒼天是我遙不可及的夢想，我好希望終有一天，我能夠遇到一個如草原遼闊又踏實的男子。

若有一天，我能夠再次遇到一個我深愛的男子，我願追隨他到高原、到他鄉。

原載於104年9月10日《臺灣時報》

塞外西湖

不一會兒，大夥兒都到湖邊去了。

我獨坐在環湖的電瓶車裡，偎坐在鮮黃的座椅上，戴著太陽眼鏡，散著頭髮，讓風不停地吹拂。亭午的炎熱，早已澆醒了我今晨初醒的睡態，但我的夢絲，卻未曾被吹斷。我緩緩地走到了湖邊，湖上群棲的鴨，悠然地在湖邊飲水，如此美景當前，如何不令人依戀？

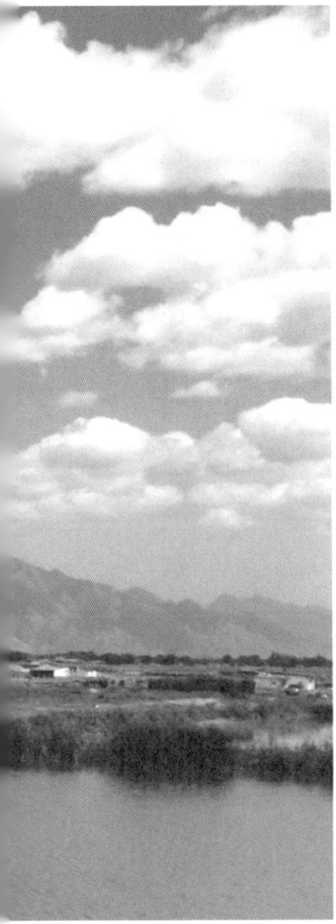

此時我見哈素海的美，無論是晴是雨，都令人心醉不已。

哈素海，蒙語意為「黑水湖」，面積三十二平方公里的天然湖泊，有塞外西湖之稱。我凝視著清澈的湖面，心亦跟著明晰了。走下木頭臺階時，我摔了一跤，踩到了自己的紗裙，又往下滾了幾個臺階。我顫顫晃晃地站了起來，駛車師傅便吆喝著大夥兒上車了，於是我便不能再留戀了。

原載於104年9月10日《臺灣時報》

那一年的蒙古包

猶記你曾經好奇地問過我，去內蒙古草原是否有深刻的見聞。我尷尬地對你笑了一下，不知道該如何回應你。你一定知道我的懶惰使我泰半的旅行時光裡，有大半美好的時光都花費在舒適的床鋪上，轉轉異地的電視就使我目不暇給了。內蒙古很大，是臺灣的三十多倍，人口和臺灣不相上下。我抵達在高緯的內蒙古，滿是驚奇歡喜，東張西望了好一會兒才跟上大夥兒找下一個目地。

也許做任何事一向積極的你不懂，其實我非常珍惜在飯店的短暫時光，一個屬於自己的浴室和浴缸，恍若唯一的藏身之處。淋了浴讓我的心情都好了起來，我在浴室整整虛度了一個多小時，自在地哼著歌。沐浴後我總會光著腳走出浴室，踩在毯子上，從高處眺望外頭的人車來往。這邊的人車，和臺灣沒什麼不同，只是高緯的一切都很寒冷，彷彿連心也跟著結冰了。

在草原的蒙古包裡，我們等待白天與夜晚，在冷冽的高緯上因歌起舞。熱情的蒙古歌手唱著蒙古歌謠，我雖一句也不懂，卻深深地被這個神祕的語言和民族所吸引。我等待晨曦的光輝灑在希拉穆仁草原上，溫暖異常就如同你的擁抱，令我不捨離去。在希拉穆仁的最後幾天，我坐著馬車遊草原。草原上的風色一致，是迷人的青綠，卻不無趣。我始知原來在馬車上，亦是一件如此令人怦然心動的事。

我開始預想著，離開草原後，我會記住些什麼。如今我飛回臺灣，踩在我們所熟悉的這片土地上，十天的旅行竟然就剩這麼一點回憶，我想，對我而言，唯一的憾事，就是缺少你的陪伴吧！

原載於104年10月9日《臺灣時報》

永恆的夏天

那一個徬徨的夏天，我即將邁入大四。我和三個男同學一時興起，在開學前的一個週末夜晚，興致勃勃地到員林的山上。為此，我們都回到了彰化的鄉下，為了晚餐，還必須特地開車到北斗的鎮上。

餐桌上暈黃的燈光下，我們聊起已多年不見了！轉瞬間大家都已二十初歲，再也不是能夠賴皮的年紀。阿偉半工半讀，白天在上班，晚上到建國科技大學的夜間部念書，他說雖然辛苦，不過甘之如飴；小任則是提早出社會，幫忙家業；只有我和阿源過著正常的大學生活。「好羨慕你們都有大學能念。」小任如是說。我和阿源露出相似的苦笑，面對畢業，其實我的心裡更加忐忑難安。阿源在是否繼承家業間左右為難，無論是否升學，成長和歲月都很殘酷，把我們帶往未知的遠方，但卻沒有讓我們的友情動搖。

飯後我們到附近的便利商店買了數打海尼根，車駛在夜晚的山路上，我們哼著熟悉的老歌，說著今天不醉不歸。

星空下，我們飲酒聊天，我想，人生如此愜意的時光不可多得吧！歡快的時光因難得而顯得更加珍貴，我們天南地北地說著以後誰先結婚，要請誰當伴娘伴郎；抑或有了孩子，要認誰當乾爸乾媽。我說感覺這些事都在好久以後，阿偉說，想想以前，這些事還會久嗎？聊至此，我們都笑了。

我時常在想，愛情比友情易逝，卻不比友情容易維持，然而，讓我們痛心哭泣的，卻都是愛情而非友情。

原載於104年9月25日《臺灣時報》

旅行像戀愛

我一直感覺旅行就如同戀愛，每到一個陌生的城市，自己總是會被大相逕庭的文化、異國的面孔深深吸引。走在異鄉的街道，總會被當地的人情風景征服，無法自拔地愛上那座城市。如同戀愛，每一段都深刻依戀，烙印在心中，無論經過多久都無法忘懷。

我將戀愛分成「戰戰兢兢」、「細細品味」和「如魚得水」三個階段。當愛上一個人，開始會「戰戰兢兢」，對方的一顰一笑、舉手投足都牽動著自己的心情，約會前總會大費周章地梳妝打扮一番；當逐漸熟悉戀人後，忽而「細細品味」，於是欣賞對方的優點、包容缺點；最後的「如魚得水」代表自己能和愛人心有靈犀一點通、無聲勝有聲。

對我而言，旅行也分為「戰戰兢兢」、「細細品味」、「如魚得水」三個層次。初到一座城市，總會「戰戰兢兢」，生怕不諳當地文化，吃得不習慣、睡得不安穩，疲累、生病時便開始想家；熟悉幾天後才能「細細品味」城市的人情風景；「如魚得水」是旅行的最高層次，能隨意漫遊於城市而不踰矩。

旅行過許多城市，我獨愛上海。上海是國際化的大城市，高樓林立、街道寬敞，車水馬龍儼然沖淡了上海最後一點古早味。上海雖無千年文化精粹，十里洋場卻讓無數人夢醒夢碎；在那動亂的年代，多少才子佳人的悲歡離合都曾在上海演繹。

站在上海外灘上，映入眼簾的是壯麗的東方明珠塔，光彩奪目的塔身，遠眺彷如一串明珠，映照著整座城市。置身於現代與古典的交界，轉身瞬間彷彿跌入歷史的洪流中。

走入上海老街，黛瓦白牆、花格隔窗、朱柱飛簷是西段的風格；沿著東走，翹角屋簷竄入東邊老街的天際。知名的春風得意樓、西施豆腐坊、德順酒菜館古意盎然，置身上海老街中，令人有種時空錯覺。

對我而言，每次的旅行都像經歷一場轟轟烈烈的戀愛，旅途中的點點滴滴令人著迷難忘。

原載於104年9月19日《青年日報》

天才小弟

記得小時候我常常得去把愛賴床的弟弟叫醒，我總是自以為靜悄悄地走過他的床邊，在他忽然驚醒的那一刻，大叫了一聲，說出一句：「忽有龐然大物，開門破窗而來，蓋姐姐也。」氣得我當場掉頭就走，決定以後不管他會不會遲到，放任他在枕頭山上自生自滅。

猶記舍弟讀幼幼班初識得幾個字的時候，總是喜歡坐在我的旁邊陪我念書，好奇我桌上層巒疊嶂的書本和學科，那時他在我的國文課本看見〈孔雀東南飛〉，馬上照樣照句說：「姐姐，孔雀能東南飛，烏龜應該也會西北爬對不對？」結果那次的國文期中考，我還真的寫了「孔雀東南飛，烏龜西北爬」，讓老師看了覺得又氣又好笑，還問我這句是到底是誰說的。

如今讀高中的小弟已是國文小天才，喜歡寫詩投稿，自號「彰中徐志摩」。

未來想去金門讀大學，只因鄭愁予在金門。偶爾我們一起念書的時候，總會強迫我聽他朗誦他晦澀難解的詩作。我的天才小老弟曾經幫我寫過情書給正在服警察役的男友，他洋洋灑灑寫了上千字的文章，還把鄭愁予的詩用進去了，結果反而弄巧成拙，我想這封情書就算是寫給我，也許我也不見得看得懂，更何論是一個滿口「移動射擊和組合警力」的警察哥哥呢？

我曾經問他為什麼你的興趣不能普通一點，看看電視、打打電玩就好，不想他竟告訴我：「姊，英雄總是寂寞的。我好寂寞啊！」曲高和寡，也許我的小弟也就是因為這樣朋友才會這麼少。

原載於104年10月28日《臺灣時報》

我第一次賭馬

【1】

二十一歲夏日，我去了內蒙古。轉了兩個班機抵達北京之後，從西站我搭了七個小時的火車終於千里迢迢到了呼和浩特市。呼和浩特今日繁華的面貌，已沖淡了內蒙古僅存的一點古味兒，在車站附近的幾爿小店裡，我買了頂蒙古的帽子和衣裳，又匆匆搭上前往希拉穆仁草原的車了。

甫下車，映入眼簾的是一望無際的大草原。我向穿著蒙古服的少年緩緩走去，他看起來纖瘦而高挑，雙眸黑亮，鼻梁高挺，臉上掛著年輕男孩的燦爛笑容。他在我脖上掛了一條淡青色的哈達，如同他的笑容一樣輕柔溫暖。

那是蒙古傳統的歡迎儀式。哈達，是用長方形絹布製成的禮敬法器，長短不一，一般為二至四尺，也有一丈多長的。大都為白色，象徵純潔。亦有藍色、黃色等不同種類顏色。在蒙古的傳統上，獻哈達，是蒙古族和藏族的一種普遍而崇高的禮節。在現代藏族地區禮賓交往中，哈達已經是一種表示敬意的吉祥之物了。

而那條淡青色的哈達現在仍掛在我的脖上，被風吹拂著。

【2】

在馬車上，我想起了一首宋佟野的歌：「愛上一匹野馬，可我的家裡沒有草原……。」我哼著哼著，忽而流淚。我憶起了昔日的戀人，恍若一匹脫韁野馬，而我，的確是給不起一片可以任由牠馳騁的草原。

站在希拉穆仁草原上，令人思索與反省那些逝去的昨日。煙花易冷、韶光易逝，昨日早已遠去不可追，猶如那段青澀懵懂的戀情，是痛亦是夢。

那首歌依然迴盪在我的耳畔：「我想和你一樣，不顧那些所以，跟我走吧……。」這首歌怎會和我此刻的心境如此相似相仿呢？可年輕的我說不出口，即便心裡是如何亦無反顧。

【3】

我第一次賭馬。

我看著眼前的這場賽馬，緊握著馬券，心裡澎湃洶湧。鳴槍之際，馬匹齊跑向前，奔馳在草場上揚起了塵土，讓我們的臉上都蒙上了一層厚厚的灰。

這是蒙古男兒三藝之一的賽馬，蒙古族自古生活在北方遼闊的草原上，以車馬為家，常年逐水草而居。自然環境的嚴酷，要求他們必須具備強壯的體魄、毅力以及技能，每個蒙古男子，都是騎馬射箭的好手，於是這場君子之爭，是輸是贏，也許已不再重要了吧！

【4】

那是一場煙花燦爛的營火晚會。

熱情的蒙古姑娘能歌善舞，她們各個穿著華美的蒙古衣裳，甩著烏黑秀麗的秀髮，令人目不暇給。蒙古歌手引吭高歌，一首首熱情的蒙古歌曲，恍若讓人看見古代蒙人的壯麗豪情。

這樣美好的畫面，已在一瞥中深深地鐫刻在我的心中，永遠不會遺忘。

原載於104年11月30日《臺灣時報》

最後的饗宴

自北上念書，我的夏日也北移到了臺北盆地。

盆地的夏日正顛。

清晨醒來的時候，我正蓋著被子躺在有落地窗的房間內，懶懶地不想起床。此刻，稠濁的汗水緩慢地流淌過我的背脊。在這樣的夏天裡，恍若酷暑所帶走的，不只是渾身的舒暢感，它連青春的濃度亦一併淡釋了。

在盆地的日子晃眼數年，或渾渾噩噩、或得過且過，這個夏日終將成為我大學時期的終止符。究竟是誰將曩昔春日的愜意給藏匿了呢？薰風拂曉吹，在我的皮膚上吹出一片灼燒的刺痛，亦吹出了渾身濕黏。我又黑又長的髮絲，本應隨風飄逸，現在它卻像沾了黏膠似地纏在我發癢的頭皮和頸子上，一如專橫情人無法招架的熱情。雙腿上皺摺凌亂的裙襬彷若翻騰的海浪，時時刻刻不斷地刺激著我對熱氣極為敏銳的神經。

是誰？究竟是誰跟蹤我？我的腳底下怎麼會有一團盤桓不去的黑影呢？兒時我曾猜想青春的形影如同夏日的豔陽般美好而巨大，卻在結束須穿著制服的青澀歲月後，感到一陣失落惆悵。早已不是中學生，我卻在大學裡時時懷著少女夢，常常想躲回制服裡，找尋一個適切的姿態生存。

甫抬頭，瞥見亭午烈日正無限膨脹，擊出重拳讓我臣服。我看見豔陽高傲地在天際俯視手下敗將，數落我棄械投降。我低頭，想著驪歌初唱的日子裡，總會有一批人正要離去，一批人剛要進來。有些周旋於研究所考試的繁瑣，有些尋覓去路。許多人向我打聽友人的去向，在校園裡，我居住的低潮公寓中，抑或無法避免相遇的面試場合。

或許，我應該要有所準備。抵禦炙夏這頭猛獸，抵禦我傍徨而手足無措的未來。盛夏正兇猛地對我咆哮，嘲笑我一事無成的大學生涯。也許是這頭猛獸禁錮在停滯歲月的籠裡太久，不得不對我張牙舞爪嗎？抑或此時正值它覓偶的佳季，想用盡全身的熱情吸引我？但我卻無法臆測它的模樣。

烈日如同青春，既美好又殘忍，如同當年我們的革命。十八歲的我曾經想要推翻父母、為自己的自由革命。因而高三的生活裡，除了密集地上課、補習和念書外，還有我和父母間未曾停過的咆哮聲。

我舉起能夠恣意操控室溫的遙控器，降溫的鈕猛烈地按了幾下，頓時，烤箱化為冰宮，此時我成了嫦娥，身旁的月兔正幫我搗出一絲絲的涼意。我回想起四年前我亦用成績單上的志願操控命運，讓自己來到緯度最高、充滿著水泥高樓的城市。我想藉此永遠離開家，不再歸巢，不再仰賴父母。我倔強地回絕了父母塞給我的零用錢，即便父親在我戶頭裡留了一筆存款，我堅決不去花用。我到處打著零碎的工，或在餐廳裡洗碗，手脫了一層皮；或在飯店宴會廳裡端盤子，滿臉是客人口水；或在小巨蛋裡，收拾著高級座椅直到天荒地老，讓我委屈落淚的一切，我一個字也不想跟父母提及。

終於，室溫驟降，暑意終於逐漸消逝隱藏。我在獨處的房間中，看見昔日那個對著我咆哮、嚴厲訓斥我的強悍母親，身形已逐年矮去，曾經年輕而美麗的模樣，已被時光擠壓，變得瘦弱乾癟，蒼蒼白髮和黯然的眼神中，恍若早已看盡人世的蒼涼。我自以為來到了夢想之都，會因少了父母的約束讓生活變得更愜意美好，在四年雜沓奔忙的日子裡，相隔一百五十公里外，我卻只能在電話的另一頭，聽見她漸漸老去的聲音，仍時時叮嚀著我生活中的繁瑣細節。

房外的暑氣一點一滴滲入，原來陪伴我幾小時的老舊冷氣累了，發出警訊；生鏽的電風扇倦了，低下頭來喃喃自語。甫關閉房內所有電器，濃烈的暑氣不斷向我攫來，我隱約得聽見它無情的訕笑，嘲諷我自不量力。

無數個從餐飲店下了班又趕著捷運末班車去打臨時工的夜晚，我隨意找了二十四小時的超商把握能休憩的幾個小時趴睡。直到我細瘦的雙腿癱軟無力，身體像塌陷的蛋糕，病倒在地的時候，才決定結束大夜的工作。病房裡睡睡醒醒中，我恍若瞥見年邁纖瘦的母親無助地以雙手拭淚。原來我當年的一意孤行所換來的三流大學和充滿不及格重修的成績單，不只讓雙親失望，更讓我陷入對於無知未來的徬徨，這一戰，我吃了一記慘烈的敗仗，像個毫無尊嚴的俘虜任憑情緒摧殘。

夏日依然猖狂，我奮力思索著，我該如何面對它？烈日讓半個世界都臣服於它的威權，一如學生時代的髮禁、制服、黑皮鞋，還有幾時起床、幾時就寢的女子宿舍生活。那年我們反抗著師長、反抗著校規，如今必須走出學校的圍牆，是傷感、殘忍和徬徨。

我猛然想起往昔的盛夏，我穿著比基尼在人潮洶湧的海灘上奔跑，或賣力地往陽明山上多爬幾個海拔。也許夏日是隻害臊的野獸，不敢偷瞥如林的美腿，我穿起短裙，大口大口吃下五彩繽紛的刨冰，是打了幾劑避暑的預防針了嗎？但卻沒有任何一個夏日比今夏更令人難受，因為我找不到任何可以避暑的辦法。

回家吧。

電話的另一頭母親催促著我。她的聲音裡充滿著憐愛，彷若早已原諒了昔日的那個青春而叛逆的我。

凡事注定終結，那些生長中的、曾經屬於我們的青春，等待夏日盛放之後，終究會逼迫我們與這個龐然殘酷的人群和世界接軌。我整理著荒廢了一個夏日的房間，在暗夜裡和我的學生時代道別。我只背了一個背包走向車站，背包裡塞滿的回憶無比沉重，我在腦中描繪著家的模樣，除了模糊扭曲，沒有更多。

下雨了。我啟窗，雨淅瀝淅瀝地下著，我看著窗外因為雨絲而顯得迷濛虛幻

的風景。椅墊下，我感受到車輪行經軌道，如此清晰而真實。

在鄉下的老家，我嗅到了一股在盆地的日子裡所沒有的涼意，恍若著了一襲避暑的涼衣，涼氣植入我身上的每個細胞裡，取代了原本的熱氣。

於是我再也感受不到暑意。

原載於104年11月19日《自由時報》

繁榮首爾中探索歷史

在臺灣，有許多人哈韓，到韓國觀光旅遊，只是走馬看花、四處購物。此趟我到了韓國，感受到的不只大眾流行文化的魅力，還有朝鮮王朝的歷史，也是同樣迷人。

一出地鐵站就可以明顯感受到景福宮與其他地鐵站大相逕庭，天花板、地板和城牆的裝飾都有著濃厚的韓式宮廷味。大清早的景福宮氣氛恬靜，正殿中有穿著韓國傳統服飾的士兵，讓我彷若置身歷史洪流中。

景福宮為朝鮮王國的五大宮闕之一，腹地很大，站在廣場前，見證朝鮮王朝的輝煌，令人驚嘆而屏息。曾被燒毀的景福宮，如今原貌重現，幾乎看不見任何被毀損的痕跡。

從光化門廣場離開後，可以在周圍隨意漫步，晚間光化門廣場附近的辦公大樓亮晃晃一片，把廣場映照得一點也不孤單，隨後在首爾街道上，不時可以看到式樣多元、各具特色的傳統韓式建築，每棟建築都如此喧囂繁華。在首爾散步旅行，可以慢慢欣賞韓式建築的樣貌，觀察紅磚等傳統建材，恍若看見韓國歷史下的時光軌跡。

原載於105年5月23日《自由時報》

港城萬象

二月的香港行已緩緩走到了最後一日，駐足在香港街道，港城萬象令人目不暇給。我已準備好要帶著香港繁華美麗的記憶回到臺灣，卻遇到了一位大哥，他的一番言語使我心頭掠過一陣酸楚。

「你們看見的香港，不是真正的香港。」那位香港的大哥這樣說著。他說如今香港是全亞洲貧富差距最大的地方，香港的時薪是臺灣的兩倍，物價卻是臺灣的四倍，也就是說香港人的經濟負擔比臺灣更重，因此有錢的香港人想移民新加坡，沒錢的香港人想移民臺灣。

然而這些並不能減損香港的迷人之處。歷史的偶然造就今日香港的繁華盛貌，在香港，那種洋華新舊融合的新鮮風貌，使我百看不厭。而走在深水埗的街道上，感受到的是市井民生的生生不息。只有一千多平方公里的香港，有著如此迥異的面貌，怎麼能不使人醉戀著迷呢？

我仍期待著下一次到香港的旅行，期待著在香港的旅人或當地人娓娓說起關於他們的故事。

原載於105年3月3日《臺灣時報》

愛在病房蔓延

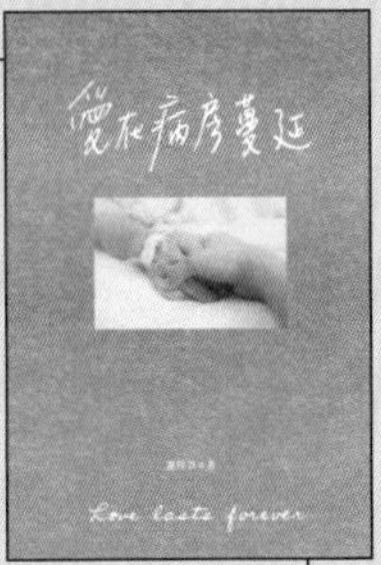

作　　者　謝佳真

發 行 人　林敬彬
主　　編　楊安瑜
副 主 編　黃谷光
責任編輯　黃谷光
助理編輯　杜耘希
內頁編排　杜耘希
封面設計　何郁芬（小痕跡工作室）
編輯協力　陳于雯．曾國堯

出　　版　大旗出版社
發　　行　大都會文化事業有限公司
11051台北市信義區基隆路一段432號4樓之9
讀者服務專線：（02）27235216
讀者服務傳真：（02）27235220
電子郵件信箱：metro@ms21.hinet.net
網　　址：www.metrobook.com.tw

郵政劃撥　14050529 大都會文化事業有限公司
出版日期　2017年02月初版一刷
定　　價　300元
I S B N　978-986-93931-4-0
書　　號　B170201

First published in Taiwan in 2017 by Banner Publishing,
a division of Metropolitan Culture Enterprise Co., Ltd.

4F-9, Double Hero Bldg., 432, Keelung Rd., Sec. 1, Taipei 11051, Taiwan
Tel: +886-2-2723-5216　Fax: +886-2-2723-5220
Web-site: www.metrobook.com.tw　E-mail: metro@ms21.hinet.net

◎本書如有缺頁、破損、裝訂錯誤，請寄回本公司更換。

Cover Photography: shutterstock / 38462884.
Contents Photography: 阿Lynne / P14-15, P65, P84, P153, P165, P168, P237.

大旗出版 BANNER PUBLISHING　大都會文化

國家圖書館出版品預行編目（CIP）資料

愛在病房蔓延 / 謝佳真著.
-- 初版. -- 臺北市，大旗出版：大都會文化發行, 2017. 02
240 面 ; 21×14.8 公分.

ISBN 978-986-93931-4-0（平裝）

1. 社會服務　2. 文集

855　　105023606